안식년에서 복귀한 2013년 봄, 사고로 휴학했다가 2학년에 복학한 동현을 처음 만났다. 지금 생각해보면 아득하다. 김정호 박사, 김영일 교수 등과의 만남을 주선하고 멀리서 그를 지켜봐 왔는데, 이 책을 통해 그간 그가 어떻게 살아왔는지 단숨에 읽고 진한 감동을 받았다. 동현은 중도실명이라는 어려운 환경 속에서도 혹독한 로스쿨 전 과정을 우수한 성적으로 마치고 경쟁을 통해 당당히 재판연구원과 판사에 임용되기까지 참으로 놀라운 길을 열어가고 있다. 동현이 헤쳐 나온 길은 시각장애를 갖고 있는 후배 로스쿨 학생들과 로스쿨 입학을 희망하는 학생들에게 출구가 되고 있다.

동현은 열려있는 사람이다. 그가 자신의 환경을 받아들이고 얼마나 지혜롭게 공부하며 관계를 맺어왔는지 이 책은 많은 교훈을 준다. 실제 로스쿨 학생들의 로스쿨 생활 길잡이 책으로도 권할 만하다.

남형두 (연세대 법학전문대학원 교수)

어느 날 갑자기 하늘과 꽃을, 사랑하는 사람을 볼 수 없게 된다면 난 어땠을까. 카이스트를 졸업하고 로스쿨을 다니다 의료사고로 앞을 볼 수 없게 된 그의 소식을 듣고 장애인법연구회에 그를 초대했다. 그렇게 그와 인연을 맺었다. 이 책은 낙천적인 동현의 유쾌한 삶의 이야기다. 나도 몰랐던 이야기를 읽으며 새삼 놀라기도 하고, 눈물을 쏟기도 하고, 웃음이 지어졌다. 이 책은 갑자기 시각장애인이 된 그가, 장애를 극복한 것이 아니라 장애와 함께 살아가는 이야기다. 누구나 장애인으로 태어나 장애인으로 죽는다. 사람은 태어나 한동안 앞을 보지 못하고, 노인이 되면 다시 시력을 잃는다. 그의 이야기를 통해 제3자로서 영감을 얻기보다는 똑같은 사람으로서 공감하는 독자가 많기를 바란다.

임성택 (법무법인 지평 대표변호사, 장애인법연구회 회장)

그가 사고를 당하고 나를 찾아왔을 때 시각장애인도 충분히 변호사가 될 수 있다고 말하긴 했지만, 과연 잘 해낼지 걱정도 되었다. 하지만 다행스럽게도 내 걱정은 기우에 불과했다. 그때는 먼저 길을 나선 선배로서 내가 그에게 힘을 줄 수 있었다면, 이제는 그가 삶을 대하는 태도에서 내가 힘을 얻는다. "그래. 나도 할 수 있을 거야." "장애인과 비장애인이 더불어 살기 위해서 세상을 바꾸어야 해." 내가 이 책에서 위로와 희망을 얻은 것처럼 다른 누군가도 이 책에서 위로와 희망을 찾기를 바란다.

김재왕(공익인권변호사모임 희망을 만드는 법 변호사)

이 책은 참 담백합니다. 그래서 큰 재미를 주거나 가슴 뭉클함을 드리지는 않을 것입니다. 이 책에는 커다란 고비를 성공적으로 넘어선 자의 이야기는 없습니다. 구비구비 이어진 울퉁불퉁한 산길을 꾸준히 걸어가고 있는 한 사람의 현재가 담겨 있을 뿐입니다. 이 책은 걷기에 지친 분에게는 다리 쉼 같은, 헉헉이며 나아가고 있는 이에게는 한 줄기 산바람 같은 그런 이야기들을 담고 있습니다.

김정호(장애인 정보통신 기기업체 엑스비전 이사)

그 누구도 김동현 판사를 막을 수는 없었다! 실명이라는 갑작스러운 사고에도 그가 어떻게 자신의 한계를 넘었는지 궁금하여 읽는 내내 긴장을 놓을 수 없었다. 평소 즐겼던 일상을 포기해야 했고, 쉽게 할 수 있던 일이 어려워졌지만 그는 이겨냈다. 장애는 더 이상 걸림돌이 아님을 증명하는 그의 생각과 마음가짐을 들여다볼 수 있어 영광이었다. 독자들에게 이 책은 순간적인 동기부여가 아닌 평생 기억에 남을 스토리로 깊은 울림이 있을 것이다.

김유진(미국 변호사, 베스트셀러 『나의 하루는 4시 30분에 시작된다』 저자)

이 책에는 넘어져도 또 일어나 담담하게 목표를 향해 걸어가는 평범한 한 사람의 모습이 담겨 있다. 어쩌면 한계라는 것은 우리가 그를 향해 가지고 있던 편견이 만들어낸 것일 뿐인지도 모르겠다. 좌절과 포기에 익숙해진 요즘의 우리들에게 이 한 권의 책이 조용하지만 묵직한 용기를 줄 것으로 기대한다.

이윤규(법무법인 윈스 변호사, 베스트셀러 『나는 무조건 합격하는 공부만 한다』 저자

오늘도 깜깜한 곳에 그를 두고 전기불을 끕니다. 낮이나 밤이나 깜깜한 곳에서 세상을 향해 나아가는 김동현 판사님과 7년 동안 옆에서 같이 생활했습니다. 그동안 힘든 일이 있었을 텐데 한 번도 화를 내거나 짜증을 내신 적이 없습니다.

변호사 일하고 판사 일하고 주말에는 마라톤에 저녁에는 쇼다운이나 영어, 헬스 등에 계속 도전하십니다. 그리고는 성공하여 좋은 성적을 내시고요. 우리는 깜깜하면 앞으로 나아가지 못하고 주저앉거나 포기하지요. 그러나 김동현 판사님은 어떤 상황이든 다시 도전하십니다. 그리고 하루하루 성실히 노력하시어 목표를 이루어내십니다.

언젠가 "장애가 있어도 여건만 갖추어지면 비장애인처럼 살아갈 수 있다"고 말씀하시면서 불편할 뿐이라고 하셨습니다. 그렇게 되기까지 얼마나 힘드셨겠어요. 하루하루 조금씩 나아간 것이 오늘이 되었지요. 조금씩 노력한 하루가 희망을 주었지요. 그렇게 살아서 판사가 되고 우리에게도 희망을 줍니다.

판사님을 만나 내가 불평하며 살았던 것이 부끄럽게 생각되고 저를 겸손하게 만들었습니다. 젊은 나이이고 장애를 갖고 사는데도 흐트러진 모습을 본 적이 없어서 옆에 있는 저도 편안했습니다. 고맙습니다. 지금도 오늘을 열심히 사시니 좋은 판사님이 되시리라 믿습니다.

김동현 판사님! 이 책은 제 인생에 가장 큰 선물입니다.

서경옥 (활동지원사)

뭐든 해 봐요

뭐든 해 봐요

판사 김동현 에세이

김동현 지음

콘택트

나는 일하는 방식이 조금 다릅니다.

빼곡하게 쌓인 서류 더미 대신
사건 기록을 한 장씩 넘기는 대신

이어폰 양쪽을 귀에 꽂습니다.

제게는 노트북이
철제 캐비닛이고

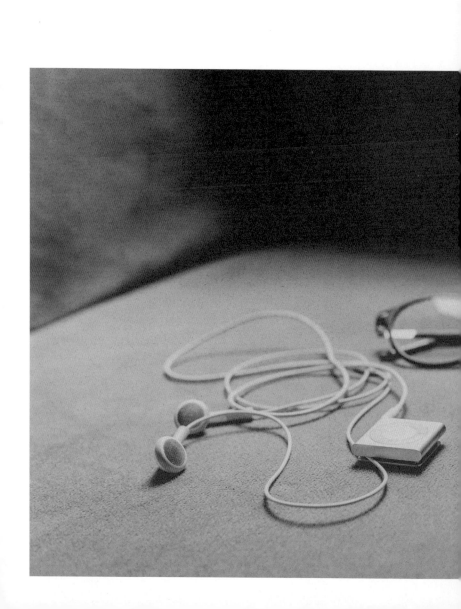

이어폰 두 짝이 자료를 읽는 눈입니다.

어둠이라는 조금 특별한 상황에서

오늘도 하루하루를 살아가고 있습니다.

프롤로그

사람 일은 어떻게 될지 아무도 모른다더니 나를 두고 한 말이었다. 10년 전만 해도 나는 내가 눈이 안 보이게 되리라고 상상해 본 적이 없었다.

2012년 5월, 당시 나는 카이스트 졸업 후 장교로 군 복무를 마치고 과학기술 전문 변호사를 꿈꾸며 연세대학교 법학전문대학원(로스쿨)에서 공부하고 있었다. 많이들 하는 간단한 시술을 받았는데 그 선택이 내 인생을 뒤흔들어 놓았다. 주사액이 혈관으로 들어가 역류하면서 눈으로 가는 동맥을 막았고, 혈액 공급이 되지 않아 시신경이 괴사했다. 채 10분도 걸리지 않았다. 별생각 없이 한 순간의 선택이 나비효과처럼 나를 암흑으로 밀어넣었다.

깜깜함⋯⋯. 그때부터 내 앞에 펼쳐진 건 사방이 깜깜한 어둠뿐이었다.

처음엔 모든 것을 부정하고 싶었다. 그렇지만 과학도였기에 시신경이 손상되었다는 걸 알고 나서는 회복 불능이라는 사실을 더 이상 부정할 수 없었다. 안다고 괜찮아지는 것은 아니었다. 하루 이틀, 며칠이 지나는 동안 나는 지쳐 갔다. 내게 남은건 시각 상실이라는 엄연한 사실을 받아들이는 것뿐이었다.

· · ·

나는 원래 건강했기에 눈이 안 보이는 일이 생기리라고는 상상해 본 적이 없다. 판사가 되리라고도 생각해 본 적이 없다. 그림일기를 쓰던 어릴 때부터 글쓰기를 유난히도 싫어했던 내가 글 쓰는 직업을 택해 책까지 쓰고 있으리라고는 상상도 못했다. 인생은 자신의 뜻이나 의지와 상관없이 흘러갈 때가 많다는데 흘러가다 보니 이렇게 되었다.

이런 우연들 속에서 수많은 기회와 선택이 지금의 나를 만들었다. 좋은 선택도 있었고 나쁜 선택도 있었다. 과거로 돌아간다면 달라질까 하는 생각도 해 보지만 타임머신 따위 내가 살아 있는 동안 발명될 리 없고 돌아간다 한들 이상하다 여기면서도 같은 선택을 했을 것이다. 글을 쓰고 있는 지금도 배달음식에 맥주를 마시고 너무 많이 먹었다고 후회하며 키보드를 두드리고 있다. 인생은 원래 그런 것이고, 그럼에도 나는 하루하루를 살아간다.

그렇다면 내가 할 수 있는 것은 무엇일까? 사실 세상을 사는 데 무엇이 정답이라고 말할 수는 없다. 불안하고 혼란스러워도 내 결정이 답이길 바라며 나아갈 뿐이다. 내 인생은 누구도 대신 살아주지 않는다. 포기하지 않을 거라면 한 발짝 내딛어보는 수밖에 없다.

나는 무턱대고 일을 벌이는 스타일이 아니다. 중요한 일일수록 신중하게 결정한다. 그런데 고민이 너무 길면 타이밍을 놓친다. 기회는 우리를 기다리지 않는다. 어느 정도 가능성이 있다면 지레 겁먹고 피할 것이 아니라 뭐든 해 봐야 기회를 잡을 수 있다. 생각해야 하는 포인트는 두 가지다. 내가 하고 싶은가? 누군가에게 해가 되는가? 내가 할 수 있을까, 하는 고민 같은 건 깊게 할 필요가 없다. 해 보지도 않고 어떻게 될지 알 수 없다.

어떤 선택이든 후회가 남을 수 있다. 중요한 것은 거기에 매몰되지 않는 것이다. 현재 상황에서 내가 가고자 하는 방향을 찾고, 길을 잘못 들었으면 돌아가면 된다. 인생에서 중요한 것은 속도가 아니라 방향성이다. 조금 방황하고 돌아가더라도 실패한 인생은 아니다.

사실 나도 매사에 패기 있게 "도전!" 이러면서 살지는 않았다. 틈만 나면 누워 뒹굴거리고 싶다. 그런데 우연한 계기로 이런저런 것들을 접하게 되고, 하다 보니 재미있어서 열심히 하게 되는 것들이 생겼다. 도전해 보라고 등 떠밀고 옆구리 찔러 주는 사람들이 있어 무엇인가를 시작하게 되고, 지치는 순간에도 응원과 격려의 박수 덕에 더 힘이 난다. 뭐든 해 보면 경험치가 쌓이고 인생이 풍부해진다. 그런 것들을 감사히 여기기로 했다. 그러다 보니 '찐게으름뱅이'이던 내가 어느샌가 '세상 열심히 사는 사람'처럼 보이게 되었다.

* * *

2019년에 서울시복지상을 받고 신문과 인터뷰를 했는데 기자님에게 책을 써 보는 게 어떠냐는 이야기를 들었다. 별로 한 것도 없는데 무슨 책이냐 싶어 귓등으로 듣고 흘렸다. 판사가 된 뒤에도 책 제안이 있었는데 마음을 정하지 못해 그냥 넘겼다. 방송 출연 후에도 권유들을 받았다. 망설이며 뭉개고 있는데 마침 아는 형이 자기가 책을 썼다며 출판해도 되겠는지 봐 달라고 했다. 생애전환기 건강검진 문자를 받고 뭐라도 해야겠다 싶어 책을 썼다고 한다. 원고를 받아 읽어 보았다. 형의 도전에 살짝 용기가 났다.

다음 날 아침 7년째 내 활동 지원을 하고 계신 선생님과 아침을 먹으면서 책 이야기를 했다. "어떻게 하는 게 좋을까요?" 했더니 그분 말씀이 이렇다.

"쓰세요. 판사님이 텔레비전 나가서 도전해 보라고 했잖아요."

우문에 현답이다. 아무 할 말이 없다. 언행일치를 하기 위해 쓰기로 했다. 이 이야기를 그 형에게 했더니 낄낄거리며 웃는다. 창작의 고통을 느껴 보라며.

어머니께 책 쓴다는 이야기를 했다.

"일기장도 못 채우던 애가 책을 쓴다고?"

그러면서 피식피식 웃으신다.

내가 보기에 판사는 유명해진다고 좋을 게 별로 없는 직업이다. 햇병아리 판사가 책을 쓴다고 하니 본업은 제대로 하는 지, 다른 꿍꿍이가 있는 건 아닌지 색안경을 쓰고 바라볼 수도 있다. 그래서 부담스럽기도 하다. 그래도 뭐라도 쓰면 나에게 는 지난 시간을 한번 정리하는 기회가 되고, 누군가에게는 도 움이 될 수도 있겠다는 마음에 쓰기로 했다. 인생의 혹독한 슬 럼프를 겪고 있는 이가 있다면 무엇이 되었든 작게라도 해 보 자는 이야기를 나누고 싶었다. 해 보고 안 되면 그때 포기해도 늦지 않으니 말이다.

이 책은 내가 장애를 극복한 이야기가 아니다. 나는 그러지 못했다. 장애라는 건 그냥 불편한 상태에 적응하고 하루하루를 살아 나가는 것이지 극복할 수 있는 게 아니다.

사람들은 장애인을 여러 시선으로 바라본다. 무시하고 차 별하기도 하고, 동정의 대상으로 바라보기도 하며, 대단하다고 감동받기도 한다. 어떤 대상을 접하고 어떤 감정이 드는지는 사람마다 다르니까 거기에 대해 왈가왈부하고 싶지는 않다. 그 러나 한 가지 분명한 점은 나는 그런 대상이 되기 위해 살아가 지 않는다. 내가 원하는 것, 하고 싶은 것, 좋아하는 것을 위해 사는, 어딘가 불편하지만 따지고 보면 별로 특별할 것도 없는 한 인간일 뿐이다.

　이 책은 솔직하게 쓴 내 이야기다. 빛을 잃고 새로운 세상에 적응해 가기 시작해 판사로서 첫해를 보내기까지의 기록이다. 예전과는 다른 감각으로 세상을 느끼고 부딪히면서 발견한 나의 모습이다. 동시에 나에게 살아갈 힘을 준 사람들의 선의다. 편하게 읽고 한때나마 즐거운 시간이 되시면 좋겠다. 그리고 혹시 욕을 하시더라도 안 들리는 데서 해 주시면 참 감사할 것 같다.

김동현

차례

3부 하고 싶은 일을 간절히 한다면

4부 판사가 되어 간다는 것이란

1부

인생이 끝이라고
느껴질 때

바꿀 수 없는 것을
받아들이다

✳

심리학자 엘리자베스 퀴블러 로스는 인간이 죽음을 받아들이기까지 '부정, 분노, 타협, 우울, 수용'의 다섯 단계를 거친다고 말했다. 이는 큰 사고를 당한 사람들에게도 비슷하게 나타나는데 모든 사람이 그 과정을 순서대로 거치는 것은 아니다. 누군가에게는 순서가 바뀌어 나타나기도 하고, 누군가에게는 한꺼번에 나타나기도 하며 한 단계가 몇 번에 걸쳐 나타나기도 한다. 나도 그랬다.

처음은 부정이었다. 내가 처한 상황을 도저히 인정할 수 없었다. 무섭기도 했다. 나는 수술대 위에서 내 눈이 잘못되었다는 것을 알아챘다. 무언가가 누르는 듯 아프면서 앞이 보이지 않았다. 눈을 누르면 안압이 높아지면서 시신경을 압박해 일시적으로 잘 보이지 않게 된다. 눈을 꼭 감고 있었기에 나는 의사가 내 눈을 누르고 있다고 생각했다. 당연하게도 의사가 일부러 눈을 누르고 있을 리 없었다. 응급실에 실려 가면서는 그날 먹은 게 없어서 보이지 않나 보다 생각했다. 군대 훈련소 시절 탈수로 쓰러진 적이 있는데, 그때 이렇게 앞이 캄캄해졌었다. 그래서 음료수를 달라고 해 마셨는데도 나아지지 않았다. 당연하게도 목이 좀 마르다고, 한 끼쯤 굶는다고 눈이 보이지 않을 리 없다.

수많은 검사를 거쳤다. CT, MRI를 비롯해 턱과 이마를 대는 안과 검진 기구에 몇 번을 앉았는지 모른다. 그날 새벽 의사는 내게 시력이 회복될 가능성은 없다고 말했다. 무미건조하게 사무적으로 내뱉는 그 말이 사형선고처럼 들렸다. 시신경이 손상되었고, 신경은 손상되면 회복되지 않는다. 나는 한때 과학자를 꿈꾸던 사람이었다. 그렇기에 현재의 의학 상식으로는 회복 불능이라는 사실을 더 이상 부정할 수 없었다.

　다음으로 분노가 찾아왔다. 병실로 돌아와 뜬눈으로 밤을 지새웠다. 사고를 낸 의사, 그런 선택을 한 나 자신에게 화가 났다. 병원 밥까지 맛이 없었다. 울화가 치밀었다. 밥을 떠먹여 주는데 도저히 먹을 수가 없어 상을 물렸다. 화를 낸다고 내 눈이 돌아오는 것도 아닌데. 알면서도 표정에 드러나는 뒤틀린 심사까지 감추기는 어려웠다. 내가 처한 현실에 대한 분노와 갑작스럽게 연락을 받고 온 가족들에 대한 미안함이 하루에도 수십 번씩 교차했다. 그러다 결국 미안함이 이겼다. 아무 죄도 없는 가족들에게 짜증을 낼 수는 없었다.

　세 번째 단계인 타협은 없었다. 곧바로 우울이 나를 덮쳤다. 타협은 한참 뒤에 3천 배를 하러 절에 갔을 때 찾아왔다. 나는 병원 침대에 누워 무기력한 하루를 보냈다. 아침에 검진을 받고 오면 특별히 할 일도 없었다. 조직이 괴사되면서 고통이 이루 말할 수 없었다. 스테로이드와 마약성 진통제를 달고 살았다. 보이지 않는 건 둘째치고 염증이 너무 심해 안구 자체를 살릴 수 있을지도 미지수였다. 안성형을 담당한 선생님은 예쁘게 잘 만들어 주겠노라 했다. 안구가 남아 있는 것만으로도 기적일지 몰랐다.

꿈도 희망도 모두 사라진 것 같았다. 밥이 넘어가지 않았다. 살이 쭉쭉 빠졌다. 보다 못한 의료진이 급기야 정맥에 영양제를 꽂았다. 효과는 확실했다. 다시 살이 붙었다. 몸이 너무 무겁게 느껴져 영양제를 거부했다. 마약성 진통제를 맞고 비몽사몽인 상태였는데 어디선가 말소리가 들려왔다.

"빨리 회복해서 공부할 생각은 안 하고, 뭐 잘했다고 저러고 누워서 밥도 안 먹고 영양제도 안 맞겠단다."

누군가에게 한탄하는 어머니 목소리였다. 가슴이 무너지는 것 같았다. 못 들은 척 눈을 붙였는데 한 줄기 눈물이 옆으로 흘러내렸다. 한참 자는 척을 하다 일어나 숟가락을 들었다. 꾸역꾸역 밥을 목으로 넘겼다. 영양제도 다시 꽂아 달라고 했다. 여기까지 열흘쯤 걸렸다. 큰 사고를 당하면 정신과 검사를 필수적으로 거친다. 죽고 싶은 생각 따위는 조금도 들지 않았다.

수용이 마지막 단계라지만 내 경우는 조금 달랐다. 부정의 단계가 끝나고 수용이 바로 찾아왔고, 그 위에 분노와 우울이 덧입혀졌다. 처음부터 완벽하게 수용할 수 있었던 것은 아니었다. 그렇지만 받아들이지 않으면 앞으로 나아갈 수 없다. 지나간 선택을 후회해 봐야 그 시간은 돌아오지 않는다. 치료에 매달려도 가능성은 희박하다. 별 좋다는 것을 다 해 보았지만 안되는 것은 안 된다. 결국 나는 시각장애인이 되었다는 사실을 받아들여야 했다.

어머니는 받아들이는 데 상당한 시간이 걸렸다. 장애 등록을 하는 것조차 반대하셨다. 눈을 뜰 건데 장애 등록은 왜 하느냐는 논리였다. 등록을 하지 않으면 재활 훈련을 받을 수가 없다고 하니 그제서야 마지못해 장애 등록 신청을 하셨다. 아버지는 묵묵히 참아내는 것처럼 보였지만 30년 넘게 피우다 몇년 전 힘들게 끊었던 담배를 다시 피우기 시작하셨다. 동생은 괜찮다고 하면서도 몸 여기저기가 아팠다. 그런 과정을 통해 가족들도 마침내 내 장애를 받아들였다.

다시 시작하는 첫걸음은 지금 내가 처한 상황을 그대로 받아들이는 것이다. 인정하지 않으면 그 자리에서 나아갈 수 없다. 받아들였기 때문에 다시 시작할 수 있었다. 그때 받아들이지 못했다면 별 치료를 다 받고도 여전히 새로운 치료법을 찾아 헤매고, 지금은 사이비 종교에 빠져 있을지도 모른다. 작년에 한 방송에 출연하고 난 뒤에 여자친구가 기사 댓글을 읽어 준 적이 있다. 내용인즉, "○○○님이 계시는 ○○궁에 오시면 눈을 뜨실 수 있습니다. 꼭 한 번 오시면 좋겠습니다." 손잡고 한번 가 보자고 여자친구와 신소리를 하며 웃었다. 눈 뜨는 것에 목매달 단계는 이미 지났다.

빨리 받아들였다고 이 일이 별것 아니었다는 뜻은 절대 아니다. 글을 쓰면서 다시 떠올리는 것조차 버거우리만큼 당시 사고는 힘든 일이었다. 누군가는 수년, 수십 년, 아니 평생이 걸려도 받아들이지 못할 일일지 모른다. 하지만 살다 보면 누구나 사고를 당할 수 있다. 하필 그 대상이 나였을 뿐, 화를 낸들 상황을 부정한들 아무 소용이 없다. 나에게 수용이 빨리 찾아와 준 것은 감정에 빠져 있기보다 지극히 현실적으로 판단했기 때문인 것 같다.

중요한 것은 희망이다. 나에게는 희망이 있었다. 다니던 로스쿨을 2년만 더 다니면 졸업할 수 있었고, 변호사가 될 수 있었다. 그리고 이미 이 길을 걸어간 선배들이 있었다. 방법이 없는 것이 아니었다.

지체하면 지체할수록 의지는 무너지고 희망은 사그라든다. 공부를 중단하는 시간이 길어질수록 그동안 공부한 것은 머릿속에서 사라져 간다. 친구들이 모두 졸업해 버리면 복학해도 학교에 적응하기가 어려워진다. 여기서 포기하면 다음은 없다. 이제 남은 건 하고자 하는 내 의지뿐이었다.

어쩔 수 없는 일과 내가 할 수 있는 일을 구분하고 할 수 있는 일을 해 나가는 것이 중요하다. 내 상황을 냉정하게 들여다보고 나한테는 최선인 현실을 선택하는 것도 용기였다. 그때 나는 내 앞에 놓인 희망을 붙잡기 위해 그 용기를 내 보기로 했다. 그렇게 나는 새로운 삶을 위한 첫발을 내디뎠다.

육신의 눈은 뜨지 못했지만
마음의 눈을 뜨다

　　2013년 1월 중순, 나는 복학을 준비하고 있었다. 계획을 세우고 여러 가지로 알아봤지만 마음이 쉽사리 잡히지 않았다. 평소 감정의 변화가 큰 폭은 아니라고 생각해 왔는데, 갑자기 떨어진 폭탄 앞에서는 어쩔 도리가 없었다. 불안과 희망 사이, 매번 그 어딘가를 헤매고 있었다.

　　그러던 어느 날 큰이모가 어머니에게 전화를 했다.

"큰스님께서 동현이 3천 배 기도를 한 달 해 보라고 하시는데……."

우리 집은 불교 집안이다. 어머니는 절에서 총무 일을 보셨고 나도 나이롱 신자지만 수계를 받았다. 물에 빠진 사람은 지푸라기라도 잡는 법이다. 어머니는 왜 진작 그 생각을 못 했을까, 하며 반색하셨다.

통화를 하다 말고 어머니가 옆에 있는 나에게 물었다.

"동현아, 큰스님이 3천 배 기도를 한 달 해 보라는데 할래?"

심청이 인당수에 몸을 바치고 구한 공양미 삼백 석에 심봉사가 눈을 떴듯이, 나도 부처님의 가피를 받아 눈을 뜨고 싶었다.

'3천 배라, 한 달이면 하루에 백 배. 그 정도는 할 수 있지.'

"할게요."

"진짜 할 수 있니?"

"그럼요."

모자는 표면상으로는 의사의 합치가 있었으나 아들에게는 동기의 착오가 있었다. 어머니는 하루 3천 배를, 아들은 한 달 3천 배를 생각한 것이다. 그러니 3천 배를 하게 된 것은 순전히 오해였다.

막상 3천 배 기도를 하기로 결정하고 나니 어디서 할지가 문제였다. 살고 있던 오피스텔에서 가까운 봉은사를 생각했다가 다음 날로 짐을 싸서 큰스님이 계신 영주 부석사로 내려갔다. 큰스님께서 권하셨으니 설마 모른 척하시지는 않겠지 하는 막연한 기대가 깔려 있었다.

부석사에 도착해 무량수전에 방석을 깔고 절을 했다. 1월의 추위는 매서웠다. 추워도 절을 하다 보면 더울 거라 했는데, 그 말은 틀렸다. 체력이 달리니 절을 조금만 해도 지쳐서 쉬어야 했다. 조금 하다 쉬고, 또 조금 하다 쉬고를 반복하니 몸에 열기가 생길 틈이 없었다. 게다가 무량수전은 문화재라 난방도 할 수 없었다. 1월의 맹추위에 한 시간 만에 동태가 되었다.

보다 못한 큰이모가 큰이모부 인맥을 동원해 기도할 곳을 찾았다. 안동 유하사에 계시는 동우 스님께서 내 이야기를 듣고 오라고 하셨다. 스님들 공부하는 곳이라 아무나 받지 않는데도 내 사정을 듣고는 특별히 공부하러 오는 스님들 쓰는 방한 칸을 내주시겠다는 것이었다.

안동 유하사는 와룡산 자락에 있는 백 년도 더 된 절로 비구니 스님들이 거처하시는 곳이라고 했다. 부석사에서 차로 한 시간이면 갈 수 있었다. 유하사로 이어지는 길이 꽤 아름답고 경내도 정갈하다고 하는데 볼 수 없으니 아쉬웠다. 내 태몽이 와룡이라는데 와룡산 자락에 있는 유하사에서 기도를 하게 되다니 인연이 깊다 싶어 기분이 묘했다. 절에 도착한 그날은 쉬고 다음 날 새벽부터 절을 하는 것으로 정했다.

이튿날 새벽 5시에 일어나 대웅전으로 향했다. 난로를 켜고 어머니와 같이 절을 시작했다. 첫날은 중간중간 밥을 먹고 셀 수 없이 많이 쉬어 가며 절을 했다. 밤 9시가 넘어가자 걱정이 되신 동우 스님께서 올라오셨다. 남은 숫자를 보시고는 스님께서 관세음보살을 부를 테니 맞춰 절하라 하셨다. 한 배, 한 배, 그렇게 3천 배를 마쳤다. 그런데 갑자기 뜨거운 것이 울컥하고 올라왔다. 나는 그대로 엎드려 짐승처럼 소리내어 울었다. 그동안 응어리진 감정들이 폭풍처럼 소용돌이쳤다. 그날 나는 사고 이후 처음 울었다. 한참을 울고 나니 속이 시원했다. 울음소리가 잦아들자 스님께서 가만히 등을 쓸어 주셨다.

"괜찮아?"

"네."

"힘들지?"

"네."

"그래도 해 냈잖아. 장하다. 부처님께 감사하다고 3배 절하고 내려가자."

대웅전에서 계단을 내려가는데 다리가 후들거렸다. 어머니와 서로를 부축하며 방으로 돌아갔다. 씻고 냉찜질을 하고 파스를 붙였다. 눕는데 곡소리가 나왔다. 덕분에 간만에 꿀잠을 잤다.

다음 날 아침은 지옥 같았다. 온몸의 관절과 근육이 비명을 질렀다. 그래도 대웅전에 올라갔다. 어제보다 더 힘든 것 같았다. 그만두고 싶은 생각이 수십 번 왔다 갔다 했지만 여기서 도망칠 수는 없었다. 그래도 어제보다 30분 일찍 3천 배를 끝냈다. 역시 어제처럼 참기 힘든 울음이 몰려왔다.

그다음 날은 몸이 제대로 말을 듣지 않았다. 그래도 포기하고 집에 가기는 싫었다. 어머니도 옆에서 같이 절을 하시는데 젊은 내가 못 하겠다는 이야기가 나오지 않았다. 무염 스님께서 본인도 매일 500배를 하는데 같이 하자고 하셨다. 나중에 듣자 하니 사흘째가 고비인데 내가 그만둔다고 할까 봐 많은 사람이 노심초사했다고 한다.

신체적 고통은 정신적 고통을 잊게 한다. 온몸에 근육통이 생길수록 우는 시간은 줄었다. 열흘쯤 되자 더 이상 울지 않게 되었다. 그리고 신체는 적응한다. 살이 빠지고 다리에 근육이 붙었다. 점점 절하는 것이 가벼워졌다. 매일매일 기도를 마치는 시간이 빨라졌다. 언젠가부터 저녁 시간 전에 절을 마칠 수 있었다. 조금 더 지나자 샤워까지 마치고 저녁을 먹을 수 있게 되었다.

기계적으로 절을 할 수 있게 되었을 무렵 옆에서 지켜보던 동우스님께서 말씀하셨다.

"몸이 덜 힘들어진 만큼 마칠 때의 감사하는 마음이 예전만 못한 것처럼 보인다."

스님 말씀에 나는 아무 말도 할 수 없었다. 스님께서는 항상 초심을 잃지 말고 첫날 기도를 마칠 때의 그 마음과 같이 남은 삶을 살아가라고 하셨다.

어느덧 약속한 한 달이 되었다. 9만 배였다. 하루에 천 배씩 더 하든, 사흘을 더 하든 해서 10만 배를 채우자는 이야기도 나왔지만 숫자에 연연하고 싶지는 않았다. 무릎도 한계였고 개강이 얼마 남지 않아 복학 준비도 해야 했다.

3천 배를 마치던 날, 나는 새벽 3시에 일어났다. 오전 예불 시간에 맞춰 기도를 마치고 회향을 하려면 서둘러야 했다. 그날 따라 이상하게도 기운이 넘쳤다. 이 기도가 끝나면 기적처럼 눈이 보이게 될 것 같다는 느낌마저 들었다. 갈수록 절하는 움직임이 빨라졌다. 그렇게 마지막 3천 배를 마쳤다. 눈은 여전히 보이지 않았지만 실망스럽지 않았다. 편안하고 담담했다. 스님께서는 기도를 마친 내게 말씀하셨다.

"육신의 눈을 뜨지 못했지만 이제 마음의 눈을 뜬 거야."

스님 말씀은 나에게 큰 힘이 되었다. 내가 바라던 기적은 일어나지 않았지만 또 다른 기적이 이루어진 것이다.

흔히들 몸은 마음과 연결되어 있다고 한다. 몸이 힘들어지니 마음은 오히려 가벼워졌다. 아니 마음의 문제는 이겨 낼 수 있다는 자신감까지 생겼다. 나는 해이해질 때면 첫 3천 배 기도를 하던 날 밤을 떠올리며 마음을 다잡는다. 처음에는 그렇게 힘들었어도 끝까지 해 낼 수 있었다. 어떤 일이 있더라도 그 한 달 만큼은 아닐 것이다. 그렇게 매일 3천 배를 하며 보낸 한 달은 나를 살리는 중요한 계기가 되었다.

상대방의 마음을
이해할 수 있다면

자공이 공자에게 물었다.

"제가 평생 동안 실천할 수 있는 한 마디의 말이 있습니까?"

공자가 말하길, "그것은 바로 서(恕)이다. 자신이 원하지 않는 것은 다른 사람에게도 베풀지 말아야 한다."

子貢問曰, 有一言而可以終身行之者乎.

子曰, 其恕乎.

己所不欲勿施於人.

『논어』「위령공편」에 나오는 말이다. 恕(용서할 서)는 如(같을 여)에 心(마음 심)이 합쳐진 글자다. 마음은 다 같으므로 내 마음을 통해 다른 사람의 마음을 이해한다는 뜻이다.

성경에도 비슷한 말이 나온다.

"무엇이든지 남에게 대접을 받고자 하는 대로 너희도 남을 대접하라."

사자성어로 하면 역지사지(易地思之)라 할 수 있겠다.

비슷한 말이지만 내 정서는 『논어』 쪽에 조금 더 가깝다. 사람 마음이 다 비슷하다지만 사람마다 취향이라는 게 있다 보니 완전히 같기는 어렵다. 내가 너무 좋아하는 것도 다른 사람들에게는 그저 그런 것일 수 있다. 나같이 평소에 눈치가 없는 편이고 또 취향이 확고한 사람은 다른 사람이 무엇을 원하는지 잘 알아차리지 못한다. 그런데 좋아하는 것은 조금씩 달라도 싫어하는 것은 거의 비슷하다. 내가 하기 싫은 건 남도 똑같다. 나는 웬만한 건 다 괜찮다고 생각하지만, 무엇이 싫은지는 분명하다. 그래서 이 말을 중학교 때 교과서에서 읽고 인생의 좌우명으로 삼기로 했다.

그런데 그 말대로 살아가기는 쉽지 않다. 쉬우면 예수, 공자와 같은 성인들께서 저런 이야기를 했을 리가 없지 않은가. 보통은 뚜껑이 열리면 물불 가리기가 힘들다. 내 코가 석 잔데 남 생각할 여유가 없다. 그렇지만 결정적인 순간이 닥칠 때마다 나는 저 말을 떠올리려 한다.

자기에게 큰 피해를 준 사람을 용서하기란 쉽지 않다. 나라고 다를 바 없었다. 사고 직후, 속으로는 부글부글 끓었지만 다행인지 불행인지 화를 낼 기운마저 없었다. 그래 봐야 아무 소용 없다는 것도 알았다. 사고가 난 그날 밤 나는 절망과 분노와 한숨으로 밤을 지새웠다. 그러다 문득 병실 구석에 웅크린 채 잠든 의사의 존재를 알아차렸다. 저 의사도 자기가 원해서 이렇게 된 것은 아닐 텐데 새벽까지 혼자 동분서주하며 사고를 수습하려고 애쓰던 모습이 생각나 짠한 마음이 들기도 했다. 밉고 화가 나긴 하지만 그래도 자기 도리는 하는 사람이다 싶었다. 마음이 조금 누그러들었다.

그 이후로도 그는 내가 전원할 병원을 알아보고 이것저것 챙기느라 며칠 집에도 못 들어간 것 같았다. 그 모습을 보면서 내가 그 입장이라면 어떨까 생각해 보았다. 자기 과실로 큰 사고가 생겼다. 피해자는 양안 실명 상태. 회복 가능성 없음. 이걸 어떻게 감당해야 할까? 피해자 가족들은 어떻게 나올까? 나만큼은 아니겠지만 그도 많이 두렵고 힘들었을 것이다. 자기 선에서 해야 할 것은 다 하고 있었고, 더 할 수 있는 것도 없었다. 거기다 대고 내가 화를 내고 무리한 요구를 하면 어떻게 될까? 처음에는 본인이 잘못한 것이 있으니 내가 어떻게 나와도 감수하겠지만, 요구가 지나치면 나중에는 해도 너무한 것 아닌가 하는 생각이 들 수 있다. 그러면 오히려 진심 어린 협조를 이끌어 내기 어려워진다. 여기까지 생각이 미치자 끓어오르는 화를 누르며 좀 지켜보기로 했다.

돌이켜 보면, 사고 이후 나는 그에게 단 한 번도 싫은 소리를 한 적이 없다. 당사자인 내가 그러고 있으니 가족들도 심한 소리를 하지 않았다. 대신 나는 내게 필요한 것을 얻었다. 병원비 대납부터 통원 치료나 재활 훈련 동안의 차량 지원까지 받을 수 있었다. 돈을 더 달라고는 할 수 있겠지만, 차를 태워 달라고 하는 것은 이쪽이나 저쪽이나 쉬운 일이 아니다. 나는 분풀이보다 그저 내가 일상을 회복하는 데 필요한 것을 최대한 취하고 싶었다.

처음에는 그도 불안했을지 모른다. 매를 맞아야 되는데 기다려도 매가 날아오질 않으니. 명백한 의료사고인 만큼 피해자가 완전히 우위에 있었다. 어떤 관계를 설정할지에 대한 주도권이 순전히 나에게 있었다는 뜻이다. 이미 벌어진 일, 화를 좀 참고 상대방 입장을 배려하자 내가 원하는 것도 얻고 내 마음도 편해질 수 있었다. 불만과 원망이 가득한 마음으로 살아가는 것은 내가 더 힘든 일일 테니까.

그렇다고 나를 착해빠진 순둥이라고 생각하면 큰 오산이다. 상대방 입장에서 아무리 생각을 해 봐도 내 기준에선 도무지 이해가 되지 않을 때가 있다. 특히 그쪽이 상당한 힘의 우위를 쥔 상태라면. 나는 시킨다고 무조건 하는 스타일이 못 된다. 일일이 돌볼 여유가 없어 그냥 넘어가는 일도 많지만 중요한 문제는 그냥 넘어가지 않는다. 군대에 있을 때도 부당한 지시에는 들이받은 일이 한두 번이 아니었다. 전 직장에서는 할 말 하려고 노동조합을 만들고 위원장까지 했다.

이렇게 이야기하면 마치 대단한 성인군자인 양 보일지 모르지만, 나도 상대방의 입장을 잘 헤아리지 못하고 여러 사람에게 상처를 주고 살았다. 생각과 말과 행동이 다른 게 부지기

수다. 잘못한 것은 반성하면서 다음에는 그러지 말자고 다짐한다. 그래도 대단히 잘못하고 산 것 같지는 않은데 그나마 좌우명 덕인 것 같다.

현재 어떤 상태인지도 중요하지만 어느 방향으로 나아가고 있는지가 더 중요하다. 다른 사람의 입장을 더 잘 헤아릴 수 있는 사람이 되기 위해 조금씩 자신을 갈고 닦다 보면 차츰 더 좋은 사람이 되지 않을까.

누군가의 도움을
기꺼이 받을 수 있다면

"남의 도움을 받는 것을 부끄러워하지 말라. 우리는 성벽을 넘어야 하는 의무를 지닌 군인이나 마찬가지이다. 부상당했을 때 어떻게 다른 군인의 도움 없이 성벽을 오를 수 있겠는가?" 마르쿠스 아우렐리우스의 『명상록』에는 이런 구절이 있다고 한다. 세상의 어느 누구도 인생에서 직면한 모든 문제를 풀 수 있는 능력은 없다.

어려운 상황에 있을수록 이끌어 줄 사람이 필요하다. 내게도 그런 분들이 있다. 나는 그분들의 도움으로 차차 새로운 세상에 적응해 나가기 시작했다.

　퇴원하고 통원 치료를 받고 있을 무렵, 앞으로의 일을 계획해 보았지만 구체적으로 어떻게 해야 할지 막막했다. 공부는 해야겠다 싶어 예전에 듣던 민법 강의만 마냥 듣고 있었다. 로스쿨 동기인 기태가 김재왕 변호사님 연락처를 알려 주었다. 김재왕 변호사님은 로스쿨을 졸업하고 우리나라에서 첫 번째로 시각장애인 변호사가 되신 분이다.

　변호사님께 전화를 드리니 한번 보자고 하셔서 2013년 1월, 당시 충정로에 있던 '희망을 만드는 법' 사무실로 찾아갔다. 김재왕 변호사님은 반갑게 맞아 주시고는 점자로 된 명함을 더듬더듬 찾아 내밀었다. 자신도 중도 실명이라 점자를 잘 못 읽는다 했다. 시각장애인으로서 법 공부를 하려면 무엇을 준비해야 하는지, 어떻게 해야 하는지 한 시간 정도 이야기를 들었다.

　아직 그때 기억이 생생하다. 공부는 컴퓨터 파일을 이용해 들으면서 한다, 교과서 파일은 저자인 교수님께 부탁을 드려 보아라, 국립장애인도서관이나 복지관에서 책 제작을 해 준다, 재활 훈련을 받기 위해 복학을 늦출 필요는 없다 등등 뼈가 되고 살이 되는 말씀이었다. 그중 두 마디가 인상 깊었다. "다들 별 기대를 하지 않아요. 따라가기만 해도 잘했다고 해요." 나는 그 말에 상당한 용기를 얻었고, 약간의 오기가 생겼다.

사무실을 나서면서 어머니 말씀을 들어 보니 눈이 보이지 않는 것이 믿기지 않을 정도로 변호사님의 시선 처리가 자연스러웠다고 한다. 나보고도 상대방이 말할 때 소리 나는 쪽으로 시선을 돌려 보라며 요령을 알려 주셨다. 변호사님 덕분에 나는 집에 오자마자 센스리더(시각장애인이 주로 사용하는 화면을 대신 읽어 주는 프로그램)를 주문했다. 물론 어머니가 주문했다. 당시 나는 아무것도 못 했기 때문에.

노트북에 프로그램은 설치했는데 어떻게 사용하는 것인지 알 수가 없었다. 매뉴얼은 점자여서 읽을 수도 없었다. 메뉴를 하나하나 들어가 보다가 도움말을 발견했다. 처음부터 도움말을 다 읽었다. 하나씩 실습도 해 가면서.

정식으로 누군가에게 사용법을 배우면 좋겠다고 생각했다. 사실 방문 교육을 신청했는데 한참이나 강사가 배정되지 않았다. 강사가 배정되어 연락을 받은 무렵에는 이미 독학으로 웬만큼 쓸 수 있게 된 뒤였다. 그래서 대신 종합법률정보

사이트에서 판례를 검색하려고 사이트 이용법을 알려 달라고 했는데 며칠 뒤에 강사가 사이트 구조가 너무 복잡해서 자기는 어렵겠다고 손을 들었다. 나중에 들어가 보니 그럴 만도 했다. 기본적인 접근성이 확보되어 있더라도 내용 자체를 잘 모르는 시각장애인들이 구조가 복잡한 사이트를 사용하기는 쉽지 않다.

그때 도움을 주신 분이 당시 지도교수님이던 연세대학교 법학전문대학원 남형두 교수님과 엑스비전(장애인을 위한 정보통신 기기업체)의 김정호 이사님이었다.

2013년 봄, 로스쿨에 복학할 무렵 장애학생지원센터와 앞으로의 방향에 대해 이야기를 나눴는데, 조교가 전임 센터장인 남형두 교수님이 로스쿨 교수이고 시각장애 쪽으로 활동도 많이 하시니 한번 찾아가 보라고 권했다. 교수님과의 인연은 그렇게 시작되었다. 찾아갔더니 반갑게 맞아 주시면서 앞으로 필요한 것이 있으면 언제라도 오라며 지도교수 신청을 하라고 하셨다.

남형두 교수님께서 나에게 처음 소개해 준 분은 그때 국립 장애인도서관장이던 조선대학교 김영일 교수님이었다. 남형두 교수님이 대학생일 때 서울맹학교에 봉사활동을 갔다가 맹학교 학생이던 김영일 교수님을 만나 수십 년째 우정을 이어오고 있다고 했다. 남형두 교수님 연구실에서 도시락으로 저녁 식사를 같이했다. 그때 김영일 교수님이 하신 말씀이 기억에 남는다. "장애가 있으면 일정 수준에 도달하는 것은 어렵지만, 거기 도달하고 나면 오히려 기회는 더 많다." 정말 현실적인 조언이었다. 특히나 나에게는 무척이나 도움이 되었다. 돌이켜 생각해 보면 정말 그랬다. 시각장애가 꼭 핸디캡만은 아니었다.

두 분 교수님과 이야기를 나누면서 컴퓨터 사용과 관련한 어려움을 말씀드리자 전문가이신 김정호 이사님을 소개해 주셨다. 김정호 이사님은 시각장애인 당사자이고 엑스비전에서 마케팅 이사로 근무하고 계셨다. 며칠 뒤 주말에 김정호 이사님이 택시를 타고 집으로 왔다. 두 시간 정도 프로그램 이용법을 배우고 점심을 먹었다. 이사님은 굉장히 유쾌한 분이었다. 그리고 얼마 뒤 나처럼 시각장애가 있지만 판사로 재직 중인 최영 판사님과 저녁에 남산 산책이나 한번 하자고 연락이 왔다.

최영 판사님은 우리나라에서 처음으로 시각장애인 법관이 되신 분이다. 내가 가고자 하는 길을 먼저 밟으신 분이니 만남이 기다려졌다.

우리는 명동역에서 만났다. 최고 경력자인 이사님이 흰 지팡이를 들고 앞장을 서고 차례로 팔을 잡고 걸었다. 어떻게 흰 지팡이만으로 길을 찾는지 신기했다. 별로 헤매지도 않고 남산 산책로까지 왔다. 솔직히 무슨 이야기를 했는지는 잘 기억나지 않지만 무척이나 즐거웠다. 저녁은 함흥냉면이었다. 시각장애인 셋이 가게에 들어가 앉아서 회무침에 만두에 냉면까지 잔뜩 시키자, '이 양반들이 돈은 있는지' 하는 의심의 눈초리가 느껴졌다. 김정호 이사님이 "돈 있어요!"라며 선수를 쳤다. 이런 경험이 한두 번이 아닌 것 같았다. 물어보니 이건 아무것도 아니고, 문전박대 당한 이야기들이 끝도 없이 나왔다. 21세기에도 이런 취급을 받는구나 싶어 슬펐다.

그 이후는 문화 충격을 경험했다. 회무침이 먼저 나오고 만두와 냉면이 나왔다. 젓가락을 집어 회무침을 먹고 만두를 맛봤다. 다시 회무침에 젓가락을 가져가니 현저히 줄어 있었다. 냉면을 몇 젓가락 먹고 회무침을 먹으려고 보니 이게 웬걸 접시가 거의 비어 있다.

"어?"

"회무침 먼저 안 먹었어?"

"네."

각자 냉면은 한 그릇이고 만두는 두 개인데 회무침은 할당량이 없으니 무조건 회무침을 먼저 먹는 것이 이 바닥 국룰이라고 한다. 헐.

회무침의 충격을 경험한 뒤 라면집에서 김밥의 충격을 다시 경험하자 그 뒤는 만나서 밥 먹을 때마다 전쟁이었다. 시장 맛집이라는 김밥집에서 셋이 서서 김밥을 먹는데 한 줄씩 싸서 주던 주인 아주머니가 다음 줄을 싸기도 전에 김밥이 삭제되는 것을 보고 흠칫하더니 마음이 급했는지 뭉텅뭉텅 잘라주시는 것이 아닌가?

김정호 이사님이 셋 중 누가 막내 같아 보이냐 물으니 아주머니는 제일 오른쪽에 서 있던 최영 판사님을 보고 이쪽이 철이 없어 보인다며 막내라 하셨다. 그 뒤로 최영 판사님은 철이 없어 보인다며 김정호 이사님의 놀림감이 되었다.

나는 두 분과 매주 토요일마다 만나 운동하고, 수다를 떨며 시각장애인으로서의 삶을 알아 갔다. 조금 불편할지언정 삶에 대한 열정으로 반짝반짝 빛나는 사람들과 함께하면서 나도 그분들을 닮고 싶었다. 이렇게 나는 나를 이끌어 준 사람들을 만났고, 그들이 내미는 손을 잡고 새로운 세상에 적응하는 법을 배워 나갔다.

그때로부터 10년 가까운 시간이 흘렀다. 나도 이제 누군가에게 이끌림을 받기보다는 누군가를 이끌어 줄 때가 되었다. 그동안 찾아오는 후배들이랑 밥을 먹으면서 이야기를 한 일이 여러 번 있다. 내 딴에는 조언이랍시고 했는데 도움이 되었으려나 모르겠다. 내가 받았던 것만큼은 쉽지 않겠지만 그래도 후배들에게 조금이나마 돌려주어야 하지 않을까 하는 마음에 기꺼이 시간을 낸다. 내 손도 누군가에게는 구원일지 모르니까.

소소한 성취감이 쌓여
괜찮은 삶을 만든다

살다 보면 익숙해진 것들의 소중함을 잊어버릴 때가 있다. 지하철을 갈아타고 친구를 만나러 가는 것, 간단한 요리를 손수 해 먹는 것, 좋아하는 운동을 즐기는 것과 같은 일들이다. 마음만 먹으면 자유롭게 할 수 있던 평범한 일들이 일상에서 사라진다면 어떨까? 사고 이후 무너진 일상에서 돌아오면서 나를 기쁘게 했던 것은 갑자기 할 수 없게 된 작고 소소한 것들이 하나하나 돌아오면서 느끼는 성취감이었다.

　나는 하루아침에 시력을 잃었다. 처음에는 아무것도 못 할 것 같았고 실제로도 그랬다. 입원하고 처음 몇 끼는 누가 떠먹여 줬고, 상처에 물이 들어가면 안 된다는 이유로 몸도 씻겨 줬다. 며칠 동안 화장실 대신 소변통을 썼다. 다리는 분명 멀쩡한데 이동할 때 늘 휠체어를 탔다. 마치 아기 때로 돌아간 것 같았다. 이유식 먹이고 기저귀 채워 두었다가 씻겨서 유모차 태워 나가는 거랑 다를 게 없었다. 내가 그동안 할 수 있었던 것을 하나도 못 하고 있는 게 답답하고 화가 났다. 먼저 젓가락을 들었다. 화장실 위치를 익히고 혼자 씻기 시작했다. 사람들 손을 잡고 걸었다. 해 보니 별것 아니었다.

　본격적으로 재활을 시작한 것은 사고 다음 해 복학하면서부터였다. 그 전까지 내 공간은 병실과 오피스텔 방 하나가 전부였다. 금방 익숙해졌고 더 배울 필요가 없었다. 그렇지만 정상적인 학교 생활을 하려면 재활이 필요했다. 알아 보니 장애 등록이 되지 않으면 시각장애인 복지관에서 재활 훈련을 받을 수가 없었다. 그런데 장애 등록을 하려면 6개월 이상 치료한 의무 기록과 장애가 고착되었다는 진단서가 필요했다. 심사에도 한 달 정도가 소요되었다. 복학하기 전에 재활 훈련을 받으면 좋겠지만 그럴 수 없었다. 대신 수업이 없는 금요일에 복지관에 가서 보행 훈련을 받았다.

흰 지팡이 하나를 달랑 들고 길을 찾는다는 것이 절대 쉬울 리 없다. 처음에는 똑바로 걷는 연습부터 시작했다. 예전에 어딘가에서 깜깜한 밤에 걷다 보면 빙빙 돌게 된다는 이야기를 들은 적이 있다. 오른쪽 왼쪽이 조금이라도 차이가 나면 걸으면서 한쪽으로 쏠린다. 얼마나 차이가 나는지 살펴보고 의식적으로 오차를 교정하는 게 훈련의 목적이다. 그다음에는 복지관 안쪽을 걸어 보았다. 넓지 않은데도 길 찾는 게 쉽지 않았다. 다음에는 차 소리를 들으면서 길을 따라 걷는 연습을 했다. 차도 쪽으로 떨어지지 않을까 엄청 신경이 쓰였다. 복지관 주변을 한 바퀴 돌아 보고 횡단보도 건너는 법도 배웠다. 길은 제대로 찾아가는지 등줄기에 식은땀이 흘렀다. 횡단보도를 잘못 건너면 반대편 인도에 올라가지 못하고 차도를 따라 걷는 일도 생겼다. 버스도 타 보고 지하철도 타 봤다. 역을 찾아가는 것은 덤이다. 미리 촉지도를 만져 가며 머릿속으로 익힌 길이지만, 종종 길을 잃고 헤맸다. 이런 시행착오를 하는 것도 연습이었다. 언제나 길을 잘 찾을 수는 없으니 아는 곳까지 되짚어가거나 지나다니는 사람을 붙잡고 물어보기도 해야 했다. 얼굴만 두꺼워도 길 찾는 것이 한결 수월했다. 에스컬레이터도 타 보고 회전문도 지나가 봤다. 자동으로 움직이는 것들은 경험해 보고 몸으로 익혀 두지 않으면 넘어지거나 끼어서 사고가 날 수 있었다.

이런 식으로 매주 보행 훈련을 받았다. 날마다 미션을 끝내고 집에 갈 때면 두려움이 하나씩 성취감으로 바뀌어 갔다. 혼자 버스를 타고 지하철을 타는 게 뭐 대단한 건 아니다. 어린 시절에 다 거쳐 온 과정이다. 그렇지만 내가 하지 못했던 것을 다시 할 수 있게 되었다는 것이 성취감을 느끼게 했다. 복지관 앞에서 버스를 타고 강변역으로 가 2호선을 갈아타고 잠실역에 내려 점심을 먹고 8호선을 타고 천호역에서 환승, 상일동역에 내려 복지관으로 돌아오는 미션을 완수한 날 그렇게 뿌듯할 수가 없었다. 번화가에도 나갔다. 사람들의 시선을 받으며 그 사이를 헤치고 지나가는 것에도 익숙해졌다. 여름방학이 끝날 무렵 훈련 과정을 마쳤다.

보행 훈련만 받은 것은 아니었다. 학기 중에는 금요일 하루밖에 없어서 배우지 못했지만 방학 때는 점자도 배웠다. 점자는 볼록한 점 여섯 개를 조합해 글자를 표현한다. 중도 실명한 사람들은 손가락 감각이 무뎌 점자 배우기가 어렵다. 다행히 내 손가락은 예민했다. 감각 훈련 페이지를 며칠 만에 주파하고 ㄱㄴㄷ을 배웠다. 약자가 400개 넘는 영어 점자에 비하면 한글 점자는 배우기 쉬운 편이다. 그래도 자음과 모음을 다 외우는 데는 시간이 걸렸다. 다 외운다 해도 그걸 조합하는 것은 또 다른 문제였다. 아이들이 한글을 하루아침에 배우지 못하는 것처럼. 틀리고 더듬더듬 읽는 것을 조금씩 반복해 가면서 차츰 실력이 늘었다. 혼자 한 페이지를 다 읽을 수 있게 되니 뿌듯했다.

일상생활 훈련도 받았다. 바느질도 해 보고 사과도 깎아 봤다. 안 될 것 같지만 해 보면 다 할 수 있다. 물론 예전처럼 잘할 수는 없다. 그렇지만 이런 소소한 것들이라도 성공하고 나면 자신감이 쌓인다. 도전하는 것이 더 이상 두렵지 않게 된다. 잘 못하면 다시 하면 되고, 더 연습하면 된다. 무엇보다 예전에 할 수 있던 것들을 다시 할 수 있다는 것이 무척 행복했다.

학교에서 공부를 하다 목이 말랐다. 평소라면 옆자리를 지키던 로스쿨 동기 정현이가 같이 가 주었을 텐데 자리에 없었다. 그냥 혼자 내려가 보기로 했다.

흰 지팡이를 펴고 복도를 지나 엘리베이터를 탔다. 점자를 더듬거려 지하 1층을 눌렀다. 윙윙거리는 기계 소리를 듣고 자판기를 찾았다. 우리나라 지폐는 금액마다 길이가 달라서 반으로 접고 대각선으로 접어 보면 얼마짜린지 알 수 있다. 천 원짜리 한 장을 찾아 자판기에 넣었다. 그런데 자판기에 점자로 무슨 음료수인지 표시가 되어 있을 리 없었다. 복권을 긁는 심정으로 맨 아래 오른쪽 구석 버튼을 눌렀다. 커피였다. 그다음 날은 왼쪽 제일 위를 눌렀더니 물이 나왔다. 한동안 자판기 지도 만들기를 했다. 정현이가 그걸 알고 음료수 리스트를 싹 정리해 주었다. 나는 두문자를 따서 외웠다. 이걸 페이스북에 올렸더니 별것도 아닌데 동기들 반응이 폭발적이었다.

주변에서 이런 것도 할 수 있냐고 놀라는 게 즐거웠다. 아이가 처음 뭘 했을 때 나오는 주변 반응을 서른 넘어서 즐기는 맛이 있었다. 별것 안 했는데도 괜스레 기분이 좋았다. 점점 다른 것도 더 잘하고 싶은 욕구가 생겼다.

실패는 성공의 어머니라는데 나는 별로 동의하고 싶지 않다. 실패가 쌓이면 역시 나는 안 된다는 자괴감만 쌓인다. 바닥에 있을 때는 별것 아닌 소소한 것들이라도 성공의 경험이 중요하다. 내가 노력하면 뭐라도 된다는 경험이 필요하다. 그게 꼭 대단한 성취일 필요는 없다. 작은 것이라도 괜찮다. 남은 몰라도 내가 알면 된다. 남들이 정신승리라고 놀리건 말건 다 자기 잘난 맛에 사는 것 아닌가.

지인은 내 장점이 자아 효능감과 회복 탄력성이 좋은 것이라 평했다. 그런 게 하루아침에 생길 리가 없다. 퀘스트를 완수하고 보상을 받고 레벨업을 하는 기쁨을 느껴 보아야 한다. 그런데 지금 같은 경쟁 사회에서 남들이 부러워할 만한 큰 성공을 거두는 일은 너무 어렵다. 그날을 위해 인내의 쓴잔을 들이켜는 건 아무나 할 수 있는 게 아니다.

생각을 좀 바꾸어 보자. 오늘 목표한 일을 다 하고 집으로 돌아갈 때 나는 오늘 성공적인 하루를 보냈다고 할 수 있지 않을까? 나 자신을 칭찬해 주어야 마땅하다. 미처 다 못했다 해도 전보다 조금 더 앞으로 나아갔다면 그것도 괜찮다. 내가 지금 하고 있는 일에 의미를 부여하고 성취감을 느끼는 것이면 충분하다. 그러면 계속 갈 수 있다. 그러다 운이 좋으면 가끔 대박도 터지는 것이다. 대박이 안 터지면 또 어떤가? 스스로 만족스러운 하루를 보내고 잠들 수 있다면 그게 바로 괜찮은 삶이 아닐까?

2부

작은 것들을
다시 시작할 때

마라톤을 하면서
느낀 것들

　　　　　　　　　가끔 내게 특별히 하는 운동이 있느냐고 물어오는 이들이 있다. 그럼 나는 마라톤을 한다고 대답한다. 그렇다고 잘 뛰느냐 하면 그건 절대 아니다. 2016년에 하프코스를 한 번 뛰고 너무 힘들어서 그 뒤에는 10킬로미터 대회만 나간다. 10킬로미터도 한 번 58분에 뛰고 그 뒤로는 영 기록이 뒷걸음질이다. 비 오면 비 온다고, 겨울이면 춥다고 훈련을 안 나가니 매년 봄이면 몸이 리셋된다. 그래도 8년 넘게 꾸역꾸역 뛰고 있는 걸 보면 좋긴 좋은가 보다.

마라톤을 시작하게 된 건 김정호 이사님의 낚시질 덕이다. 처음에는 남산 산책이나 하자고 하더니 좀 지나자 걷기만 하면 너무 심심하니 뛰자는 것이다.

"안 보이는데 어떻게 뛰어요?"

"다 방법이 있지. 팔에 줄 묶고 가이드러너와 같이 달리는 거야."

알고 보니 김정호 이사님은 프로 마라토너였다. 당시에도 마라톤 풀코스를 3시간 59분 안에 완주할 정도의 실력이었고, 2019년에는 전국장애인체전에서 10킬로미터 금메달을 따면서 자신의 최고 기록과 한국 신기록까지 바꿨다.

얼마 후, 이사님께 끈을 하나 선물로 받았다. 50센티미터 남짓한 길이에 고리 부분이 고무줄로 되어 있어서 서로 팔에 끼울 수 있도록 되어 있었다. 이 이야기를 친구 기태에게 했더니 같이 뛰자고 했다.

몇 달 뒤에 있는 10킬로미터 대회에 나가기로 했다. 일단 자신은 없었다. 나는 뜀박질에 소질이 없다. 학창 시절에 체력장을 하면 오래달리기는 언제나 고통이었다. 한 바퀴 덜 뛰었는데 선생님이 들어오라고 해 돌아보면 뒤에 사람이 없었다. 공군 학사 장교를 준비할 때도 남들은 공부를 하는데 나는 러 닝머신을 뛰었다. 겨우겨우 기준 기록을 넘겼다. 근데 10킬로 미터라니? 앞이 캄캄했다. 어쨌든 뛰기로 했으니 일단 러닝화 부터 사 신고 운동장으로 나갔다.

"와!"

나는 내 다리로 뛴다는 게 이렇게 좋을 줄 몰랐다. 바람을 맞으며 달리는 느낌이 너무 상쾌했다. 잃어버린 자유를 되찾은 것 같았다. 속력을 내 보았다. 보지 않고 뛴다는 것이 조금은 무섭기도 했지만 내면의 스피드광이 이겼다. 숨이 턱에 찰 때 까지 뛰었다. 물론 얼마 못 뛰었다. 그래도 뛸 수 있다는 것 자 체가 너무 좋았다. 고동치는 심장이 내가 살아 있다는 것을 느 끼게 했다.

그 길로 토요일 아침에 남산 산책로에서 훈련하는 한국시 각장애인마라톤동호회(VMK)에 가입했다. 일요일에는 기태와 홍제천을 뛰고, 평일 하루는 학교 운동장 트랙을 뛰었다. 내 저 질 체력도 훈련에는 버티지 못하고 끌려 올라왔다. 매주 뛸 수 있는 거리가 늘어났다. 기록도 좋아졌다. 1킬로미터에 9분 대 였던 기록이 6분 대까지 올라왔다.

2013년 11월의 어느 추운 일요일, 우리는 10킬로미터 대회를 완주했다. 마라톤을 시작하고 3개월쯤 되었을 때다. 기록이야 뭐 보잘것없었지만 완주했다는 게 중요했다. 나는 시험에서 100점을 맞은 것처럼 기뻤다. 우승자는 30분 대에 골인했겠지만 그건 딴 세상 이야기다. 1킬로미터도 힘들어하던 내가 한 시간 넘게 뛰어서 10킬로미터를 완주했다는 게 내겐 더 대단하게 느껴졌다.

마라톤은 자신의 한계를 극복해 가는 과정이다. 못 뛰던 사람이 하루아침에 잘 뛸 수는 없다. 훈련을 하면서 숨이 꼴딱 넘어간다는 생각이 드는 고비를 잘 넘기면 그다음에는 그 시점이 미뤄진다. 나는 한 주에 500미터씩 거리를 늘렸다. 컨디션이 괜찮은 주에는 1킬로미터도 늘어났다. 그렇게 3개월을 연습한 끝에 10킬로미터를 완주했다. 다른 사람들이야 별 운동을 안 하다가도 10킬로미터를 뛸 수 있을지 모르겠지만, 사람마다 신체적 능력이 다르다.

우리 마라톤 감독님은 나만 보면 붙들고 더 뛰자고 하고, 나는 슬슬 피한다. 감독님이 보시기엔 호흡이 편안하다는데 나는 매번 죽을 만큼 힘들게 뛴다. 몇 년 동안 아무리 말해도 믿어 주지를 않다가 최근에는 못 뛰겠다고 하면 그냥 멈추라고 한다. 그건 다 여자친구가 채워 준 애플워치 덕이다.

"못 뛰겠어요."

"괜찮은 것 같은데?"

아무 말 없이 워치를 보여 준다. 워치에 심박수 200이 찍혀 있다.

"대체 무엇을 했간디!!"

감독님이야 평상시 심박수가 40대인 사람이고 나는 아무것도 안 해도 80대인데 별 수 없다. 그래도 훈련을 하면 할수록 더 빨리 더 멀리 더 쉽게 뛸 수 있다. 지난번보다 잘 뛴 날은 그렇게 기분이 좋다.

나는 다른 사람과 경쟁하기 위해 마라톤을 하지 않는다. 누군가와 같이 뛰고 있다는 것 자체가 즐겁고, 좀 더 열심히 해서 내 기록을 깨고 싶다는 소박한 바람이 있다. 그러려면 훈련도 열심히 해야 하고 달릴 때 페이스 조절도 잘해야 한다. 초반에 오버페이스를 했다가는 후반에 급격하게 힘이 빠진다. 무엇보다 중요한 것은 완주하겠다는 의지다.

인생도 마찬가지가 아닐까? 힘들더라도 고비를 넘기면 경험치가 차곡차곡 쌓인다. 한계라고 생각했지만 하나씩 돌파해 나가면 결승점이 보인다. 그 과정에서 만나는 사람들과 좋은 관계를 맺으면서 나 자신도 더 발전하길 바란다. 남들보다 앞서건 뒤처지건 내 페이스대로.

좋아하는 걸 하다 보니
국가대표가 되었습니다

사람이 살다 보면 별일이 다 있다. 운동꽝인 내가 운동으로 태극마크를 달다니. 나는 국가대표가 되어 이탈리아에서 열린 2019년 쇼다운 세계선수권에 출전했다. 쇼다운은 두 명이 테이블 양쪽에서 소리나는 공을 배트로 쳐 상대방 골에 넣는 시각장애인 종목이다. 간단히 말하자면 오락실에 있는 에어하키를 떠올리면 된다. 시각장애인 종목이니 양쪽 다 눈을 가린 채로 소리를 듣고 경기하는 것이 특이한 점이다. 소리만 듣고 공이 어디 있는지 알아채고 공격과 수비를 하는데 마냥 신기할 따름이다. 눈을 가리고 하는데도 경기 템포가 빠르고 박진감이 넘친다. 우당탕탕 하는 사이 골이 들어가 있다.

내가 쇼다운을 접하게 된 건 우연이었다. 2018년 장애인권리협약 당사국 회의에 참관하러 뉴욕에 갔다가 영어 공부의 필요성을 절감했다. 같이 갔던 김현아 변호사가 서울 동작구의 우리동작장애인자립생활센터에서 번역 강사를 하고 있다고 해 수업을 듣게 되었다. 수업을 마치고 옆방에서 시끄러운 소리가 나서 궁금해했더니 쇼다운이라는 운동이란다. 한번 해보니 오락실에서 하던 에어하키 같았다. 당장 강습회에 등록했다. 그날부터 나는 쇼다운에 완전히 빠졌다. 마라톤에 비하면 이건 운동이라기보다 재미로 하는 놀이에 가까웠다. 중독성이 어마어마했다.

당시 토요일 일과가 이랬다. 7시에 남산에서 마라톤 훈련을 하고 샤워장에서 씻은 다음 우리동작으로 넘어가 10시부터 3시까지 번역 수업을 듣는다. 수업이 끝나면 쇼다운 시작. 이선영 심판님이 강사로 오시는 강습회에서 기초적인 지도를 받고 밤까지 다른 사람들과 경기를 하거나 혼자 연습을 했다. 평일이나 일요일에도 틈만 나면 쇼다운을 쳤다. 우리동작 직원도 아닌데 제일 먼저 문을 열고 마지막에 문을 잠그고 집에 가는 날이 부지기수였다.

쇼다운은 상대방이 배트로 수비를 하기 때문에 그냥 세게 때린다고 골이 들어가지 않는다. 쿠션을 이용해야 하는데 비루한 당구 실력이나마 소싯적에 치던 게 은근 도움이 되었다. 공은 좀 느려도 코스가 괜찮아서 골이 잘 들어갔다. 그래도 더 잘 치고 싶었다. 고수들에게 열심히 물어 가며 노하우를 배웠다. 영어로 된 규정집과 코칭 매뉴얼을 탐독하면서 혼자 연습을 계속했다. 치면 칠수록 실력이 부쩍 늘었다.

운동은 장비빨이기도 하다. 국내에서 마음에 드는 장비를 구할 수가 없어서 해외로 눈을 돌렸다. 미국에서는 쇼다운을 잘 안 하는지 아마존에서 쇼다운을 검색하니 권투 글러브만 잔뜩 나와 적당한 것을 찾지 못했다. 구글링한 끝에 덴마크 업체를 찾아 처음으로 직구의 문턱을 넘었다. 그래도 결국 배트는 마음에 들지 않아 비장의 무기도 만들었다. 보통은 나무로 된 배트를 쓰는데 러버를 붙여 탁구 라켓처럼 스핀을 주고 싶었다. 그러려면 더 얇고 가벼운 배트를 만들어야 했다. 전공을 살려 어떤 소재를 쓸지 고민하다 카본으로 만들기로 했다. 카본 제작 업체를 수소문해 플레이트를 만들고 나무 가공 업체에 손잡이를 만들어 달라고 했다. 거기다 러버를 붙였다. 그런데 카본 플레이트에 러버가 잘 붙지 않았다. 접착제를 바꿔 가며 시행착오를 어마어마하게 거친 끝에 생각한 대로 배트가 완성됐다. 결과는 만족스러웠다. 스핀을 잔뜩 먹은 공이 뱀처럼 꿈틀거리며 상대 골대에 꽂혔다. 직구만 상대하다가 변화구를 맞이하고 당황하는 상대방의 모습이 그동안의 삽질을 잊게 했다.

쇼다운은 우리나라에 2015년에 들어온 종목이라 선수층이 얇다. 쇼다운에 완전히 미쳐 있다 보니 운 반 실력 반으로 전국 대회에서 4강에 들었다. 2019년 5월 국가대표 선발전이 있었다. 남자 2등까지 국가대표로 세계선수권에 보내 준다고 했다. 한동안 마라톤을 좀 쉬고 아침부터 연습했다. 주말에 열리는 리그전을 통해 실전 감각도 쌓았다. 한 번 진 상대에게 다시 지지 않으려고 복수의 칼을 갈았다.

아쉽게도 국가대표 선발전에서 예선부터 우승 후보를 만났다. 쇼다운 노하우를 그에게 배웠으니 그가 나의 쇼다운 멘토라고 해야 할까? 상대 전적은 압도적 열세. 지면 죽음의 토너먼트 대진이 기다리고 있었다. 그런데 졌다. 16강에서는 듀스까지 가는 대접전 끝에 2 대 1로 승리했다. 경기가 끝나고 방전되어 그대로 뻗었다. 잠시 누워 있다 8강 경기를 하는데 산 넘어 산, 물 건너 물이었다. 지난해 국가대표를 만난 것이다. 1세트를 내주고 2세트도 매치포인트까지 밀렸다. 4점을 따라잡아 듀스를 만들고 역전해 세트를 가져왔다. 기적처럼 승부를 원점으로 돌렸다. 상대방이 힘이 빠졌는지 3세트는 무난하게 가져왔다. 4강전도 한 세트를 먼저 내주고 내리 세 세트를 따냈다. 집요한 손목 쪽 공격을 막느라 테이블에 부딪혀 팔이 붓고 멍들었다. 그래도 그렇게 태극마크를 따냈다는 게 너무 기뻤다. 눈치 없이 환호성을 질렀는데 상대방이 나중에 이야기하기를 좀 서운했단다. 자주 만나 운동하는 사이에 미안했다. 그래도 이탈리아에 가서 유튜브로만 보던 세계적인 선수들과 배트를 섞는다는 게 마냥 설렜다. 결승전은 부담이 없었다. 체력도 없었다. 결론은 물 흐르듯 무난하게 졌다. 그래도 나는 이탈리아로 간다. 원 없이 쇼다운을 치다가 경기 일정이 끝나면 하루 정도는 관광을 할 수 있을 거라 생각하고 꿈에 부풀었다.

세계의 벽은 높았다. 첫 경기에 세계 랭킹 3위 크리스티안을 만났다. 나는 그의 경기를 유튜브로 많이 봤다. 그래서 스타일이 비슷하다. 사실은 처음부터 좀 얼어 있었다. 한 골도 못 넣고 셧아웃. 기본기뿐만 아니라 클래스가 달랐다. 그래도 배트를 섞어 본다는 게 어딘가? 그에게 악수를 건넸다.

"Good game."

첫날 네 경기를 내리 졌다. 그렇지만 소득은 있었다. 다른 선수들과는 일방적 경기는 아니었다. 두 경기는 한 세트씩 따냈다. 진 세트도 호락호락하게 내주지는 않았다. 각 조 5위를 모아서 하는 둘째 날 2차 조별 리그에서는 2승을 거뒀다. 개인전 최종 성적 42위. 이번 대회가 국제 대회 첫 출전이지만 더 연습하고 경험을 쌓으면 해 볼 만하라는 확신이 들었다. 문제는 랭킹 포인트를 쌓아서 랭킹을 올려야 조 편성이나 대진이 유리해지는데 대부분의 대회는 유럽에서 열린다. 비행기 티켓이나 참가비는 둘째치고 매번 일주일 이상 길게 휴가를 내긴 어렵다. 1월에 핀란드 대회가 열린다고 핀란드 선수들에게 초청받았는데 일정을 빼기 어려워서 많이 아쉬웠다.

더 재미있는 건 단체전이었다. 쇼다운 단체전은 국가 대항 혼성경기다. 세 명이 한 팀인데 한 명은 성별이 달라야 한다.

실력도 실력이지만 1 대 1 대결이다 보니 개인 편차가 있어서 로테이션을 어떻게 할지 작전을 어떻게 짤지에 따라 변수가 생긴다. 개인전에서 만나지 못했던 많은 선수와 배트를 섞어 볼 수 있는 것도 장점이다. 한국팀은 9, 10위 결정전에서 아쉽게 져서 열한 팀 중 10위를 했다. 마지막 날 결승전을 구경하는데 경기 전 각 조 1위인 러시아와 폴란드의 국기가 걸리고 국가가 연주되었다. 저게 태극기와 애국가면 어땠을까 생각하니 부러운 마음이 들면서 눈에 습기가 차올랐다.

나야 이제 40대니 경쟁력이 없지만 내가 아니라도 언젠가는 그럴 날이 오긴 올 것이다. 그러려면 선수층이 두터워져야 하고, 어디서든 쉽게 훈련할 수 있도록 테이블도 많이 보급되어야 한다. 지도자 양성도 필요하고 생계 걱정을 하지 않고 운동할 수 있게 실업팀도 생겨야 한다. 지금은 뭐 말할 것도 없이 비루한 현실이다. 테이블이 있는 곳도 몇 없고 그나마 있는 테이블은 배트에 얻어맞아 너덜너덜한 데다 야간이나 주말에 여는 곳도 거의 없다. 국가대표라고 뽑아 놓고 이탈리아 가기 전까지 국내에서는 단체 훈련 한 번 안? 못? 했다. 국제 시각장애인 스포츠 연맹 인증 대회도 없어서 국내 선수권대회 랭킹 포인트도 못 받았다. 시각장애인 스포츠 연맹이 생긴 지 얼마 안 된 데다 코로나 때문에 대회를 제대로 개최하지 못하고 있어서 참고 있는데, 매의 눈으로 주시 중이다.

　나는 내가 사랑하는 쇼다운을 다른 사람들도 많이 즐기면 좋겠다. 그래야 체전 정식 종목도 되고, 올림픽 종목도 되고 방송 중계도 될 것이 아닌가? 나는 2021년 전국 장애인체전에 서울 대표로 출전할 예정이었는데 코로나19로 대회를 축소 개최한다면서 시범 종목인 쇼다운은 잘렸다. 내 버킷리스트가 체전 금메달 따는 거였는데 2년 연속 물거품이 됐다. 나이는 먹는데 자꾸 밑에서 치고 올라와서 불안하다. 공가 쓰고 쇼다운 치려고 했는데 재택근무 하면서 판결문 썼다. (아 이건 아닌가?) 마지막 전국대회에서 내가 우승한 후 체전 전까지 2년 동안 대회 한 번 없었다. 선수들은 대회 바라보고 훈련하는데 시범 종목이 동네북도 아니고 이러면 곤란하다. 비인기 종목의 설움을 톡톡히 느꼈다.

　'최후의 승부'라는 쇼다운의 의미대로 테이블 앞에 서면 아드레날린이 솟구친다. 룰 안에서 공정하게 경쟁해 승리를 쟁취했을 때의 희열은 말로 표현할 수 없다. 도파민이 폭풍처럼 몰아닥친다. 지더라도 최선을 다했다면 상대에게 박수를 보내 줄 수 있다. 이런 게 아마추어 스포츠의 묘미가 아닌가 한다. 요즘은 아프고 바쁘다며 자주 못 갔더니 수비가 구멍 나서 종종 지는데 그래도 함께 땀 흘리는 시간 자체가 즐겁다. 어깨 아프다고 병원을 다니면서도 쉽사리 배트를 놓을 수가 없다.

눈 뜬 자들의 도시에서
눈먼 자로 살아가기

나는 눈 뜬 자로 30년을 살았다. 그러다 하루아침에 눈먼 자가 되었다. 잘 보이던 시절에는 시각장애인이 어떻게 사는지 몰랐다. 30년 동안 살면서 장애라는 단어는 헬렌 켈러 위인전 같은 책에서나 보고 장애인은 시설에 봉사활동을 가면 만나는 존재인 줄 알았다. 그랬는데 그게 아니었다. 막상 장애인이 되고 나니 세상에 장애인이 참 많았다. 어머니도 아들이 시력을 잃고 보니 지하철에 시각장애인이 참 많더라는 이야기를 했다. 군대 가서 휴가 나가면

군인만 보인다는 우스갯소리가 생각났다. 주변에 없던 것이 아니라 관심이 없어 알아차리지 못한 것이었다.

많은 장애인이 나처럼 중도에 장애를 얻는다. 장애인이 되었다고 하고 싶은 것, 예전에 할 수 있던 것을 모두 포기해야 할까? 눈먼 자가 눈 뜬 자들의 도시에서 살아가려면 두 가지가 필요하다. 첫 번째는 개인이 그 상황에 적응하는 것, 두 번째는 사회가 접근성과 합리적 편의를 제공하는 것이다.

눈이 안 보이면 아무것도 못 할 것 같지만 사실 그렇지 않다. 인간은 적응의 동물이다. 눈이 보이지 않으면 다른 감각이 예민해진다. 특히 청각이 발달한다. 박쥐가 어두운 동굴에서 초음파로 길을 찾듯이 인간도 소리를 듣고 길을 찾을 수 있다. 열린 공간과 막힌 공간은 느낌이 다르다. 복지관에서 재활 훈련을 받으면 효율적으로 필요한 기능을 습득할 수 있다. 보행과 점자, 일상생활에 필요한 기능을 익힌다. 요즈음 같은 시대에는 컴퓨터와 휴대폰을 얼마나 잘 다룰 수 있는지가 삶의 질에 결정적인 영향을 준다. 나도 휴대폰 사용, 인터넷 활용, 그 밖의 일상생활에 이르기까지 하나하나 배워 나가야 했다. 통원 치료를 받으며 하루 종일 라디오만 듣고 있던 시절 친구가 내

아이폰의 보이스오버를 켜 주었을 때의 감동을 아직도 기억한다. 그날부터 나는 아이폰으로 민법 강의를 들었다. 스크린 리더를 쓰면 컴퓨터를 할 수 있다는 이야기에 무작정 구입해 도움말을 듣고 사용법을 익혔다. 복학하면서 담당 교수님께 내 사정을 알리고 교재 파일을 부탁하는 첫 메일을 쓰는 데 세 시간이 걸렸지만 지금은 몇 분 걸리지 않는다. 흰 지팡이를 들고 거리로 나가 보행을 배웠다. 적절한 훈련을 받고 보조공학기기를 잘 활용한다면 생각보다 많은 것을 할 수 있다.

나는 독거 중증 시각장애인이고 직업은 판사다. 활동 지원 선생님이 차려 주는 아침을 먹고 안내 보행을 받아 지하철로 출근한다. 가는 길에 보이스오버로 아이폰을 조작해 뉴스를 듣는다. 오늘은 재판이 없다. 컴퓨터를 켜고 코트넷에 로그인해 메일을 확인한다. 화면에 나오는 내용은 스크린 리더 프로그램이 읽어 준다. 다음 주에 두 건의 선고가 예정되어 있다. 전담 속기사가 만들어 준 기록 파일을 하나씩 열어 중요한 내용은 메모장에 옮겨 가며 기록을 읽는다. 서면에 판례를 인용하는 내용이 나오면 종합법률정보 사이트에서 원문을 확인하고, 판결문 검색 시스템에서 비슷한 사건 판결문을 찾는다. 잘 모르는 용어가 나오면 인터넷을 찾아본다. 사진이나 영상은 전담 속기사에게 찾아가 설명을 듣는다. 부장님과 합의를 하고 판결문 작성 시스템을 열어 판결문을 작성한다. 알리미에 결재할 차례라고 알림이 뜬다. 법관통합지원시스템을 열어 전자결재를 한다. 야근을 마치고 앱으로 택시를 부른다. 후문까지 나가는 것은 내 몫이다. 흰 지팡이로 길을 찾는데 택시 기사님에게 전화가 온다. 빵 하고 경적을 울려 달라고 해서 소리로 방향을 잡아 택시를 타고 집에 돌아온다.

주말에 여자친구를 만나기로 했다. 앱을 켜서 차표를 예약한다. 스크린샷을 찍어 여자친구에게 카카오톡으로 보낸다. 아침으로 에어프라이어에 베이글을 하나 구워 크림치즈를 바른다. 포트에 물을 끓이고 프렌치프레스에 커피를 내려 마신다. 영양제 몇 알을 챙겨 먹고는 흰 지팡이를 들고 집을 나선다. 아파트 엘리베이터에는 점자로 층수 표시가 되어 있다. 1층을 눌러 내려간다. 입구를 찾아 밖으로 나가 인도를 따라 걷는다. 아파트 단지 안에서 길을 두 번 건너 인도를 따라가다 보면 아파트 입구가 나온다. 골목길로 내려가 큰길까지 차 소리를 향해 걷는다. 확 트인 느낌이 나면 큰길 가까이에 온 것이다. 흰지팡이로 인도를 찾아 올라서서 길을 따라 걷는다. 반사되어 오는 흰 지팡이 소리가 울린다 싶으면 거기 지하철 입구가 있다. 계단을 내려가 흰 지팡이로 바닥을 긁어 노란색 유도블록을 찾아 따라간다. 선형 블록은 진행 표시고 점형 블록은 주의 표시다. 개찰구에 교통카드를 찍고 내려가는 계단을 찾는다. 계단에는 점형 유도블록이 있고 어느 쪽으로 가는지 난간에 점자로 표시되어 있다. 계단을 내려가 스크린도어에 붙은 점자 차량 문 번호를 확인한다. 지하철을 타고 지하철 앱을 켜서 도착역에 전화를 건다. "시각장애인인데 안내 부탁드립니다. ○○역에서 탔고 4-3입니다."

안내 방송을 듣고 내리면 공익근무요원이 나와 있다. 기차역까지 안내를 부탁한다. 사실 혼자서도 찾아갈 수 있지만 기차 시간에 딱 맞춰 다니다 보니 안내를 받는 편이 안심이 된다. 안내소에 오면 앱을 켜서 승차권을 보여 준다. 승차권을 확인한 역무원이 내 자리까지 안내한다. 하차시에는 승무원이 안내한다. 내리면 미리 연락받은 공익근무요원이 마중을 나와 있다. 택시 승강장까지 안내를 부탁해 택시를 타고 내비게이션으로 주소를 찍어 달라고 한다. 그렇게 혼자 여자친구를 만나러 간다.

　이번 주는 친구들이 집에 오기로 했다. 싱크대에 쌓인 밀린 설거지부터 처리한다. 깨끗하지 않게 될까 걱정할 필요는 없다. 때로는 눈보다 손이 민감하다. 설거지를 끝내고 창문을 열어 환기를 한다. 청소기를 돌린다. 윙윙거리며 먼지가 빨려 들어가는 소리는 묘한 쾌감을 준다. 소파 구석구석까지 청소는 기본이다. 순서대로 하면 빠뜨릴 걱정은 없다. 청소가 끝나면 방향제 스프레이로 아재 냄새를 지운다. 뮤직 앱을 켜고 오디오를 연결해서 BGM을 삽입한다. 보통은 배달이지만 오늘은 내가 음식을 직접 하기로 했다. 샐러드와 새우 감바스, 구운 감자를 준비했다. 인터넷으로 주문해서 새벽에 배송받은 야채를 손질하고 냉동 새우를 해동해 밑간을 한다. 마늘을 까서 얇게 저민다. 감자도 올리브유와 소금, 후추, 파슬리를 뿌려 에어프라이어에 집어넣는다. 이제 손님 맞이 준비가 끝났다. 친구들이 도착하면 1층 스크린도어에서 휴대폰으로 전화가 오고 버튼을 눌러 문을 열어 준다. 주물팬에 올리브유를 붓고 전기레인지를 켠다. 마늘을 볶다가 새우를 넣는다. 감자도 타이머를 맞춰 돌린다. 접시를 세팅하고 와인잔을 꺼낸다. 미리 칠링해 둔 와인을 꺼내 소믈리에 나이프로 코르크를 딴다. 이제 즐거운 시간을 보내는 일만 남았다. 음식이 떨어지면 배달앱을 켜서 추가로 주문한다. 친구들이 가면 뒷정리 후 불을 끄고 잠자리에 든다.

남들도 다 겪는 별것 아닌 일상이다. 시각장애가 있어도 할 수 있다. 두려움을 극복하고 답답함을 참으며 시행착오를 좀 겪어야 하지만 말이다. 길을 잘못 들어 이상한 곳을 헤맨다거 나, 새우나 감자가 잘 익었는지 눈으로 확인할 수 없으니 입에 넣었는데 덜 익었다거나 그런 일들이다.

그런데 이런 것들이 가능한 이유는 접근성이 확보되어 있 고 필요한 곳에서 정당한 편의를 제공받을 수 있기 때문이다. 만약 나에게 아이폰이 없었다면, 인터넷 메일 페이지를 스크린 리더로 읽을 수 없었다면, 책을 파일로 만들어 주지 않았다면 내가 판사의 꿈을 꾸며 공부를 할 수 있었을까? 분명 아닐 것 이다. 접근성과 정당한 편의 제공은 장애인이 다른 사람과 동 등하게 활동하기 위해 필수다.

나는 스크린 리더를 이용해 접근성이 확보된 인터넷 홈페 이지에서 리서치를 하고, 접근성이 없는 자료는 전담 속기사가 파일로 만들어 주며, 컴퓨터로 판결문을 쓴다. 이런 접근성과 편의가 제공되지 않는다면 판사로서 할 수 있는 것이 많지 않다. 내 동선과 내 공간에서 나는 오래 걸리고 조금 불편할지언정 웬만한 것은 혼자 할 수 있다. 집에서도 사무실에서도 모든 것을 내가 쓸 수 있게 세팅하는 데 시간이 꽤 걸렸다. 물건 하나를 사도 내가 쓸 수 있는 물건을 산다. 에어프라이어도 터치스크린이 아니라 일부러 다이얼식을 골랐다. 아무리 저렴하고 성능이 좋아도 이용할 수 있는지가 최우선이다. 불편한 점은 여전히 많지만 쓸 수 있기만 하면 어떻게든 된다.

그럼에도 불구하고 아직까지 부족한 부분이 많다. 혼자서 작업을 하다 보면 중간중간 막히는 부분이 생겨 누군가를 찾게 된다. 자료를 파일로 변환하는 데 시간이 오래 걸려 업무 처리가 늦어지기도 한다. 일상생활에서도 마찬가지다. 내 공간을 벗어난 곳에서 나는 극심한 무력감을 느낀다. 식당에 가도 키오스크라는 벽 앞에서는 아무것도 할 수 없다. 신축 아파트인 본가에 가면 세 살배기 아이나 다를 바가 없다. 혼자서는 추워도 난방을 켤 수 없고 방의 전등도 끄지 못한다. 누가 와도 현관 스크린도어나 주차장 차단기를 올려 줄 수 없다. 앱에서 결제를 하려는데 아무것도 읽어 주지 않는 화면을 만난다. 어떤 곳에서는 아무런 문제 없이 살 수 있는데 어떤 곳에서는 아무것도 못 하는 게 과연 내 문제일까? 내가 무슨 재활을 어떻게 더 해야 할까? 결국 이것은 개인의 문제가 아니라 사회의 문제다.

우리는 전통적으로 장애인을 신체적이나 정신적으로 문제가 있는 사람이라고 생각해 왔다. 그래서 그것을 치료하려 든다. 사실 완전히 틀린 것은 아니다. 그렇게 해서 새로운 의료 기술이 발전한다. 그런데 그때까지 나는 하루하루를 살아 나가야 한다. 나는 사고 전에 내가 누렸던 자유를 갈망한다. 그걸 해결할 방법은 언제가 될지 모르는 줄기세포가 아니라 당장에 접근성과 정당한 편의를 제공받는 것이다. 그러면 눈이 보이지 않아도 예전처럼 살 수 있다. 그래서 요즈음은 장애를 신체적·정신적 어려움으로 장기간에 걸쳐 활동에 상당한 제약을 받는 상태라고 이야기한다.

나는 내 자유와 권리를 찾기 위해 귀찮고 피곤한 일을 해야 한다. 접근성과 정당한 편의가 제공되지 않는 이유는 다양하지만 많은 경우 잘 몰라서 그렇다. 나도 예전에 그랬다. 관심이 없으면 모른다. 그래서 나는 고객센터에 전화를 하고 메일을 보낸다. 때로는 이렇게 문제가 해결되기도 한다. 개발자까지 직접 찾아와서 무엇이 문제인지 듣고 개선해 준 회사도 있었다. 반면 어떤 회사는 변명으로 일관하거나 들은 척도 하지 않는다. 그러면 인권위에 직접 진정을 넣거나 집단 진정에 손가락을 얹는다. 내 권리를 대신 주장해 주는 활동가들에게 응원과 지지를 보낸다. 당장은 잘 해결되지 않을지라도 하다 보면 조금씩은 바뀌어 간다. 내가 지금 판사로 일할 수 있는 것도 그렇게 조금씩 사회를 바꿔 온 사람들의 덕이다.

모든 일을 사람의 선의에 기댈 수는 없다. 그래서 제도가 필요하다. 내가 공군 정보통신장교로 복무하던 시절 법률이 바뀌어서 인터넷 홈페이지에 접근성을 개선하라는 지시가 내려왔다. 당시에는 별생각 없이 웹 접근성 가이드라인을 준수해 홈페이지를 개편하는 사업을 했는데 시각장애인이 되고 나서야 너무나 절실한 일이었음을 알게 되었다. 제도의 변화는 그때의 나처럼 잘 모르는 사람들에게도 필요한 결과를 이끌어 낼 수 있다.

장애인을 위한 일에는 돈이 많이 든다고 생각할지도 모르겠다. 그러나 처음부터 접근성을 고려해 디자인하면 기존의 제품을 바꾸는 것보다 훨씬 적은 비용이 들 뿐 아니라 모든 제품에 동일한 기능을 적용하게 되어 비용이 분산된다. 전자 제품에 본인은 잘 쓰지 않지만 누군가는 유용하게 쓰고 있는 기능이 얼마나 많은지 생각해 보면 알 수 있다. 오히려 장애인을 위해 특별히 디자인한 제품을 만드는 데 개발 비용과 재고 비용이 더 들지 모른다.

현대와 같은 위험 사회에서 우리는 누구나 사고 또는 질병으로 장애인이 될 수 있다. 노화로 인해 자연스럽게 기능이 떨어지기도 한다. 그 사람이 본인이 될 수도, 가족, 친구, 이웃이 될 수도 있다. 그때 가서 불편한 것을 해결하려면 시간이 걸린다. 지금부터 차근차근 바꾸어 나가는 것이 필요하다. 장애인이 다른 사람과 동등하게 살 수 있는 세상은 우리 모두에게도 살기 좋은 세상이다.

어느 덕후의
고백

사람이 일만 하고 살 수는 없다. 판사라고 다를 바 없다. 사람은 재충전하지 않고서는 오래지 않아 방전된다. 여가를 잘 보내는 것이 장기간 지치지 않고 일할 수 있는 비결이다.

여가 시간을 보내는 방법은 다양하다. 눈이 보이던 시절에 나는 여러모로 덕력이 충만한 인간이었다. 그중 게임을 빼놓고는 내 인생을 설명할 수 없다. 초등학교 5학년 때 우리 집에 컴퓨터가 들어왔다. 부모님은 프로그래밍 공부를 하라며 거창한 목적으로 사 주셨지만 대부분의 아이들이 그러듯 이것은 곧 게임기로 전락한다. 코에이의 〈삼국지〉와 〈대항해시대〉 시리즈는 나의 최애 게임이었다. 나는 게임으로 지리와 역사를 배웠다.

블리자드는 나에게 즐거움과 시련을 안겨다 주었다. 〈스타크래프트〉-〈디아블로2〉-〈워크래프트3〉-〈월드오브워크래프트〉로 이어지는 필살기를 맞고 정신을 차리지 못했다. 스타리그는 늘 본방을 사수했고, 〈디아블로2〉는 한 번 죽으면 캐릭터 접속이 불가능한 '하드코어 모드'를 즐겼다. 월드오브워크래프트를 할 때는 전설급 무기인 '아지노스의 쌍날검'을 양쪽에 들었다. 외산 게임만 있는 것은 아니었다. 〈창세기전〉 시리즈, 〈라그나로크〉 온라인, 〈카트라이더〉, 〈마비노기〉, 〈프리스타일〉까지 징하게도 했다. 잠깐 스쳐 간 게임들은 수도 없이 많았다. 마지막으로 한 게임은 〈리그오브레전드〉였다. 너무 재미있어서 다른 걸 못 할까 무서웠다.

게임만 하지는 않았다. 애니메이션도 많이 봤다. 일본에서 방영하고 몇 시간이면 파일을 구할 수 있었다. 자막도 뜨기 전에 일단 일본어 원어로 봤다. 자막이 뜨면 또 봤다. 피규어를 사 모았다. 누가 봐도 덕후였다.

본격적으로 웹툰 시대가 도래하면서 관심은 웹툰으로 옮겨 갔다. 네이버와 다음 웹툰을 섭렵했다. 보는 작품보다 안 보는 작품을 세는 게 빨랐다. 공부하고 기숙사 들어가서 웹툰 보는 게 낙이었다.

그랬던 내가 시각을 잃고 나서는 좋아했던 것을 아무것도 할 수 없게 되었다. 강제 탈덕 10년이다. 여가 생활에 투자하던 시간에 공부를 해서 로스쿨 성적이 좋아졌으니 어떤 의미에서는 좋은 일인지도 모른다. 그런데 사람이 평생 그렇게 살 수는 없는 것 아닌가. 학교를 졸업하고 나서 자연스레 다른 데로 눈을 돌리기 시작했다.

눈이 안 보이면 귀가 저절로 예민해진다. 어느 해 나에게 주는 크리스마스 선물로 집에 오디오를 들였다. 같이 사는 친구 기태가 교수님 방에 놀러 갔다 오더니 중고로 200만 원이면 신세계가 열린다고 나를 꾀었다. 오디오에 잘못 빠지면 패가망신의 지름길이라는데 살짝 발만 담그기로 했다. 중고로 네트워크 플레이어 하나와 스피커를 구했다. 아는 것 하나 없는데 수업료를 낸다고 생각하고 일단 질렀다. 사실 이럴 때에도 시각장애인은 고려할 것이 많다. 가격이고 성능이고 간에 접근성이 떨어지는 기기를 사면 혼자서 쓸 수 없다. 여러 회사의 앱을 폰에 설치해 보고 그나마 접근성이 괜찮은 것을 선택했다. 그렇게 당첨된 것이 '네임 유니티 큐트(Naim Uniti Qute)'였다. 스피커는 어차피 잘 몰라서 비슷한 가격대의 그날 올라온 물건을 무작정 골라잡았다.

두 군데에서 물건을 받아 집에 와서 설치하려고 보니 스피커 케이블이 필요했다. 다음 날 케이블을 사 왔더니 케이블만으로는 연결이 안 되고 바나나 커넥터도 필요했다. 오디오를 집에 들인 지 3일 만에 모든 연결을 끝내고 전원을 켰다. mp3가 들어 있는 usb를 연결하고 재생 버튼을 눌렀다. 정말 신세계가 펼쳐졌다. 그동안 내가 이어폰으로 듣던 것은 음악이 아니고 그냥 소리였던가 하는 생각마저 들었다.

한동안 음악에 빠져 지냈다. 팝도 듣고 클래식도 듣고 재즈도 들었다. 내 오디오와 스피커 조합은 꽤나 서정적이었다. 어쿠스틱 기타의 멜로디와 보컬의 감미로운 목소리가 좋았다. 한 곡만 더, 한 곡만 더 하다가 몇 시간이 훌쩍 지나갔다. 나만 그런 게 아니라 음악 좋아하는 지인들을 불러다가 차나 와인을 마시면서 음악을 듣는데 다들 집에 갈 생각을 안 했다. 정신 차

리면 지하철이 끊겨 다들 택시를 타고 돌아가는 일이 비일비
재했다.

하이파이 오디오치고는 입문용이지만 중고로도 200만 원
이상 들었으니 저렴한 가격은 아니다. 그래도 집에 오디오를
들이고 나서는 삶의 질이 달라졌다. 로잉머신과 함께 돈이 아
깝지 않은 물건 1순위를 다툰다. 한때는 장비 업그레이드 뽐뿌
가 강하게 왔다. 청음숍에서 들어 본 수천만 원짜리 오디오 탓
이다. 공간을 채우는 박력 있는 사운드에 매료되었다. 다행히
부족한 자금 덕에 금방 이성을 찾았다. 그놈을 좁은 집에 갖다
놔 봐야 제대로 볼륨을 높이지도 못한다. 넓은 집에 청음실도
하나 갖출 날을 꿈꾸며 일단 지금에 만족하며 살기로 했다.

쉴 때 음악만 듣는 것은 아니다. 책 읽는 것도 좋아한다. 취
향이 마이너할 뿐이다. 주로 읽는 것은 무협소설과 판타지다.
『군림천하』는 대체 언제 완결되는 것인지…… 용노사님은 책
좀 쓰시면 좋겠다. 라이트노벨도 즐겨 읽는다. 애니메이션 대
신이라고 보면 되겠다. 웹소설도 재미있다. 이래서 내가 어디
가서 책 뭐 읽었다는 이야기를 하기가 좀 그렇다. 각자의 취향
은 존중되어야 마땅하기에 무엇을 읽었는지는 부끄러운 게 아

니다. 단지 상대방이 관심을 보일지가 문제다.

그런데 이런 소설은 좀 위험하다. 몇 권이고 단숨에 읽어 내려가 끝장을 본다. 한번은 50권 넘는 시리즈를 잡았다가 너무 힘들었다. 그 뒤로는 긴 시리즈는 건드리지 않는다.

요즘은 넷플릭스다. 넷플릭스 오리지널 시리즈는 화면 해설이 아주 잘 되어 있다. 음성 설정에서 화면 해설을 선택하면 대사가 없을 때에도 화면에 나오는 내용을 설명해 준다. 화면 해설은 시각장애인에 대한 정당한 편의 제공이다. 덕분에 나는 어렵지 않게 「오징어게임」, 「지옥」과 같은 화제의 작품들을 들을 수 있었다. 화면 해설이 기술적으로는 대단한 것이 아니다. 화면 내용에 맞춰서 추가로 녹음을 하고 원래의 오디오에 합쳐서 음성 채널을 하나 추가하면 된다. 여러 언어 중 하나를 선택하는 것처럼 해당 음성 채널을 선택하면 시각장애인도 다른 사람들과 동일한 콘텐츠를 즐길 수 있다. 추가되는 비용은 총 제작비에 비하면 새 발에 피인데 아직까지 국내에서 제작되는 콘텐츠나 서비스에는 이런 것이 부족하다.

마지막으로 야구를 빼놓을 수 없다. 롯데는 2021년에도 어김없이 가을 야구를 못 했다. 기아 팬인 여자친구와 사이좋게 바닥권에서 헤매는 각자의 응원 팀을 디스하며 엘롯기 동맹을 배신한 엘지를 성토했다. 그래도 기아는 얼마 전에 우승했답시고 여자친구는 롯데 팬인 나를 놀린다. 그런데 불평을 하면서도 못 끊는 게 야구라더니 후반기 들어 슬슬 올라오니 혹시나 가을 야구라도 할까 싶어 설렜다. 이번 스토브리그를 보니 가슴이 답답하다. 4년 전에는 강민호가 떠났고 이번에는 손아섭이 떠났다. 이대호 은퇴하기 전에 우승 좀 해 줘.

특별히 대단한 건 없지만 이렇게 보내는 일상이 소중하다. 옛날에 비하면 이제 너무 평범해져서 재미없다고 아쉬워하는 사람들도 몇 있는데 나도 그러고 싶지는 않다. 지금도 예전에 게임하던 꿈을 꾼다. 얼마 전 여자친구의 화면해설로 〈역전재판〉을 같이 할 때는 무척이나 설렜다. 상황에 맞춰 그때그때 즐길 거리를 찾다 보니 또 다른 취향이 생기는 것이다. 이렇게 하나씩 즐길거리를 찾아 나가는 것도 인생의 묘미다.

다행이다

　　　　　　나는 이적의 「다행이다」를
좋아한다. 이적의 목소리도 좋지만 가사가 좋다. 특히 좋아하
는 부분은 이 부분이다.

　　거친 바람 속에도 젖은 지붕 밑에도
　　홀로 내팽개쳐져 있지 않다는 게
　　지친 하루살이와 고된 살아남기가
　　행여 무의미한 일이 아니라는 게

언제나 나의 곁을 지켜 주던
그대라는 놀라운 사람 때문이란 걸

사랑 노래라지만 꼭 연인이 아니라도 옆에 있어 다행인 사람이 있다. 이를테면 가족 말이다.

나는 게임에서와 다르게 현실에서는 솔로 플레이를 마다하지 않았다. 웬만한 일은 남의 손을 안 빌리려 했다. 팀 프로젝트도 반갑지 않았다. 학점을 잘 준다고 해도 사양이었다. 같이 하면 내가 놀 수 없고, 남이 노는 걸 보는 건 더 마뜩찮았다. 세상에 공짜는 없고, 다른 사람들과 안 주고 안 받는 걸 생활화하던 사람이었다. 그래도 혼자 밥 안 먹고 살았던 것을 보면 친구는 늘 있었다는 건데, 신기한 일이긴 하다.

집에서도 그랬다. 가족들과 사이가 나쁜 것은 아니었지만, 대단히 친밀하다고 하기도 어려웠다. 고등학교 때 기숙사에 들어가면서 나와 살게 된 이후 집에서 보낸 시간이 많지 않았다. 대학 시절 공부를 제대로 안 하고 방황할 때는 집에 들어가는 게 눈치 보이고 부담스러웠다. 기숙사에서 친구들과 게임하고 노는 게 더 좋기도 했다. 군입대 전후에 몇 달 살았던 게 그나마 집에서 오래 머물렀던 시간이었다. 로스쿨에 갈 때도 집에

서 학비를 대 주겠다는 걸 거절하고 학자금 대출을 받았다. 이
율도 비교적 저렴하고 최대 7년 거치, 10년 분할상환이라 빨
리 상환할 필요도 없는데 서른 넘어 집에 손 벌리고 싶지 않았
다. 그래서 절반은 학교 장학금, 절반은 학자금 대출로 학교를
다녔다. 로스쿨 학비가 비싸다고 해도 생활비랑 책값만 있으면
남의 돈으로 다닐 수 있다. 군대에서 3년 동안 모아 나온 돈이
3천만 원쯤 있었다. 나는 내 힘으로 학교 다닌다고 집에 큰소
리를 뻥뻥 쳤다.

그러다가 사고가 생겼다. 혼자서는 당장 할 수 있는 일이
없었다. 사고가 난 다음 날 집에 전화해서 부모님이 서울로 올
라오셨다. 학교 가서 공부 잘 하고 있는 줄 아실 텐데 병원에
누워 있는 모습을 보여 드리자니 그렇게 미안할 수가 없었다.
오자마자 손 붙들고 우시는데 가슴이 먹먹했다.

그렇게 내가 아니라 우리 가족의 투병 생활이 시작되었
다. 환자가 있는 집들이 다 그렇듯이 온 가족이 간병에 나섰다.
1인실을 쓰긴 했지만 환자 가족이 편히 누워 쉴 침대는 없었
다. 가족들은 불편한 소파에서 지내며 날 돌봤다. 아버지는 출
근을 해야 해서 부산-서울을 주말마다 왕복하면서 어머니와

교대했다. 부산에서 학교를 다니던 동생이 방학 때 올라와 지내면서 어머니를 돕고 나를 챙겼다. 다행히 서울 살던 큰이모 덕분에 빨래나 반찬은 해결이 되었다.

병원에 있으면서 가족들과 그동안에 안 하던 이야기를 많이 했다. 그동안 이야기를 너무 안 했던 것일 수도 있겠다. 답답하니 말이라도 좀 해야 했다. 별 대단한 이야기는 아니었지만 그렇게 시간을 같이 보내면서 새삼 가족의 정을 느낄 수 있었다.

한 달 반 동안의 입원 생활을 거치고 통원 치료를 시작하면서 선릉역 근처에 오피스텔을 잡았다. 어머니와 아들은 서울에서 아버지와 딸은 부산에서 두 집 살림이 시작되었다. 나는 안과와 성형외과, 한방병원 통원 치료를 계속 받았다. 안과는 한 달에 한두 번 검진을 받으러 가는 것이었지만 성형외과는 자주 다녔다. 괴사된 피부가 회복되는 과정에서 울퉁불퉁하게 흉터가 생기며 살이 차오르는데 그걸 방지하는 주사를 맞고 튀어나온 부분은 레이저로 깎아 내야 했다. 괴사된 피부는 잘 아물지도 않아서 3개월 넘게 매일 드레싱을 했다. 한방병원은 교수님 진료가 있는 날마다 다녔다. 매일 어머니와 병원 가는 것이 일이었다. 오가는 차 안에서 라디오를 많이도 들었다. 병원 갈 때는 「여성시대」였고 갔다 올 때는 「두시탈출 컬투쇼」였다. 라디오도 듣다 보니 재미있어서 8시에는 「유인나의 볼륨을 높여요」를 챙겨 들었다.

선릉에 있을 때 우리 가족은 아침에 같이 선정릉 산책도 하고, 맛있는 것도 먹었다. 오피스텔 1층에 있던 중식당이 의외의 맛집이었다. 동생은 절에 와서 절을 1500배나 같이해 주고 가기도 했다. 학교를 다니면서는 어머니가 아침저녁으로 학교에 데려다 주고 데려왔다. 공부하고 집에 와서 어머니와 잠시나마 대화하는 시간이 소소한 위안이었다.

사실 모두에게 힘든 시간이었다. 어머니는 원형탈모가 생겼다. 머리카락이 뭉텅뭉텅 빠져서 내가 한방병원 다닐 때 같이 치료를 받았다. 같이 절하면서 생긴 무릎 통증도 장기간 지속되었다. 어머니와 같이 한동안 정형외과와 한의원을 다녔다. 아버지는 30년 넘게 피우다 끊은 담배를 다시 피우기 시작했다. 술도 많이 늘었다. 아버지가 술 드신 날은 어머니 심기가 불편했다. 동생은 별말 안 했지만 많이 아팠다. 맹장염 수술도 받고 스트레스로 온몸 피부가 뒤집어졌다. 한동안 치료를 받아야 했다. 두 집 살림에 각종 치료비에 돈이 남아나지 않았다. 스트레스 받아 쓰는 돈도 있었다. 못 보던 새 옷이 생기고 한우나 전복 같은 비싼 식재료가 밥상에 올라왔다. 무슨 생활비가 그렇게 많이 드냐고 놀랐는데 나중에 어머니는 그 돈 안 쓰고 살았으면 스트레스 받아서 아마 제정신으로 못 살았을 거라 했다. 나 때문에 집안이 거덜 날 뻔했다.

그렇게 3년을 버틴 끝에 우리 가족은 제자리로 돌아올 수 있었다. 내가 재판연구원에 합격하고 서울고등법원에 출근하기 시작한 이후 나는 다시 독립을 선언했다. 부모님은 남는 방에 친구 기태가 들어오기도 하고, 당신들 없이도 활동 지원 서비스 받아서 살아갈 수 있겠다고 어느 정도는 마음이 놓이신 것 같았다. 우리 가족은 3년 동안 많은 위기를 겪었지만 버티고 버텨 길고 긴 터널을 빠져나올 수 있었다.

부모님은 내가 판사가 되고 나서 그렇게 좋아하셨다. 코로나19만 아니었다면 아마 가족들이 임관식에 다 참석했을 텐데 무척 아쉬웠다. 그래도 내 도우미 역할로 아버지만이라도 식장에 가실 수 있어 다행이었다. 집에 와서 법복을 입혀 드리고 같이 사진을 찍는데 그제서야 조금이나마 속죄한 것 같은 기분이 들었다. 부모님들만 한시름 놓은 게 아니라 나도 무거운 짐을 내려놓은 것 같았다.

우리는 모두 누군가의 도움을 받아야 하고 그 보살핌으로 살아간다. 내가 힘들고 어려운 시간을 헤쳐 나올 수 있었던 것은 언제나 나의 곁을 지켜 준 가족들 덕분이다. 이제 내가 지킬 차례다. 이런 이야기를 하면 동생이 또 일침을 가할 것이다. 지난번 집에 갔을 때 소파에서 뒹굴고 있는 나에게 커피를 갖다 주면서 한마디 던졌다. "방송 나가서 혼자 잘살 수 있다고 하더니 다 해 줘야 되고 손 너무 많이 간다!"

3부

하고 싶은 일을
간절히 한다면

간절한 마음으로 공부할 때
결과는 달라진다

내 인생은 감히 공부를 빼놓고는 말할 수 없을 것 같다. 고등학교 진학, 대학 합격, 로스쿨 진학과 변호사, 판사 시험까지 시험 공부는 원 없이 해 왔다. 어쩌다 보니 30년 남짓 공부라는 것을 해 오면서 공부를 대하는 나의 태도는 그때그때 달랐다. 어릴 때는 그냥 하라니까 했던 것 같기도 하고 시험 잘 보면 칭찬 듣는 게 좋아서, 못 보면 꾸중 듣는 게 싫어서 했던 것 같기도 하다. 마지못해 하는 척만 할 때도 있었고, 말로만 하고 있다고 변명하던 때도 있었다. 하지만 지금 돌이켜 보면 정말 간절하게 공부했던 순간들이 있었다.

첫 번째 순간은 중학교 2학년 때였다. 우리 집은 과학관 근처에 있었다. 어마어마하게 가파른 오르막을 한참이나 올라가야 했지만 나는 과학관에 가는 것을 무척이나 좋아했다. 유치원 때 처음 이사 오고 나서 수십 번은 갔던 것 같다. 그런데 어느 날부터 과학관 위쪽에 공사를 하기 시작했다. 과학고등학교가 생긴다고 했다.

어느 날 책상 위에 『과학고등학교 아이들』이라는 책이 놓여 있었다. 어머니의 큰 그림이었다. 우수한 학생들이 모여 공부하는 것도 좋았고 기숙사 생활도 재미있어 보였다. 나도 그런 곳에서 공부를 해 보고 싶었다. 학교 갔다 집에 돌아오는 길에 건너편 산을 바라보면 그 중턱에 과학고가 보였다. 그걸 보며 저기 가고 말 거라고 다짐했다.

당시에 과학고에 가려면 수학과학 경시대회에서 좋은 성적으로 입상하거나 내신 성적이 좋아야 했다. 내가 다니던 학원은 부산에서 과학고 많이 보내기로 소문난 학원이었다. 과학고 대비반에 들어가는 것부터 경쟁이 치열했다. 다행히 들어가는 데는 성공했지만 매일 밤늦게까지 수학, 과학 공부를 하는 일정이 기다리고 있었다. 수업이 많은 날은 집에 돌아오면 새벽 1시가 넘었고, 숙제하느라 늘 시간이 모자랐다. 학교에서도 쉬는 시간마다 공부를 해야 했다.

중2에서 중3으로 넘어가던 겨울, 과고전을 한다고 해서 친구들과 함께 놀러 갔다. 과고전은 과학고등학교 축제인데 몇몇 공연을 빼고는 과학 실험 같은 것을 보여 주는 전시회에 가까웠다. 똑 부러지게 전시물을 설명해 주던 예쁘장한 누나가 뇌리에 박혔다. 다시 보고 싶었다. 과학고에 가고 싶은 생각이 더 강렬해졌다.

그런데 교내 경시대회에서 계산 실수를 하는 바람에 학교 대표로 선발되지 못했다. 크게 낙담했다. 그래도 내신 반영 비율이 큰 수학, 과학, 국어, 영어에 집중해서 전체 백분율은 그리 좋지 않았지만 일반 전형에서 합격할 수 있었다. 친구들은 문 닫고 들어왔다고 놀렸다. 나는 수능을 보지 않았기에 그때 공부한 것으로 대학까지 갔다고 해도 과언이 아니다.

두 번째 순간은 로스쿨 입시 때였다. 공군 장교로 복무를 마치고 2010년 6월 말 전역과 동시에 나는 백수가 되었다. 학점은 엉망인데 학교를 다시 다닐 수도 없었다. 영어 성적도 그다지 좋지 않았다. 그나마 PSAT(공직적격성평가)를 여러 번 봐서 LEET(리트, 법학적성시험) 문제가 좀 익숙한 정도일까? 시험까지는 채 두 달도 남지 않은 시간, 발등에 불이 떨어져 활활 타오르고 있었다. 아침을 먹고 도시락을 싸서 도서관에 갔다. 고3처럼 공부했다. 고등학교 2학년 때 조기졸업을 하고 카이스트에 가서 고3을 겪어 보지는 않았지만 내게는 그때가 고3이었다. 도서관에서 밤늦게까지 영어와 리트 공부를 하고 헬스장을 찍고 집에 돌아왔다. 이 생활을 절대 1년 더 하고 싶지 않았다. 이제 서른인데 마지막 기회라고 생각했다. 아버지 월급으로 먹고살 만은 했지만 여유 있는 집은 아니었고 서른 넘어 언제까지고 집에 손을 벌릴 수도 없는 노릇이었다.

리트시험이 끝나자마자 면접 스터디를 했다. 그때까지만 해도 법이나 정치, 철학 같은 건 평생 내 관심 밖의 일이었다. 정의가 영어로 뭐냐고 물으면 나는 "justice"가 아니라 "definition"이라고 답할 사람이었다. 고등학교 『법과 사회』 책부터 봤다. '대한민국 헌법'이라는 것도 그때 처음 보았다. 남들처럼 준비해서는 면접에서 영혼까지 털리기 딱 알맞았다. 『정의란 무엇인가』와 같은 로스쿨 입시 필독서부터 루소, 홉

스, 롤스 같은 고전까지 하루 종일 도서관에서 책을 읽고 생각을 정리했다. 그렇게 해서 로스쿨에 합격했다.

　세 번째 순간은 사고 후 로스쿨에 복학했을 때였다. 현실적으로 시각장애인이 할 만한 직업은 많지 않다. 아무리 생각해 봐도 내가 살아남을 길은 공부밖에 없었다. 그야말로 코너에 몰렸다. 공부하는 것도 법이라는 플랜 A 외에 나머지는 플랜 B가 될 수 없었다. 다른 걸 준비하기에는 너무 늦었다. 이 공부를 계속하는 것이 내가 잡을 수 있는 유일한 동아줄이었다. 다행히 그 동아줄은 이미 잡고 올라간 사람이 있었다. 김재왕 변호사님과 최영 판사님이 그랬던 것처럼 시각장애가 있어도 불가능한 게 아니었다. 튼튼함이 검증된 것이었다. 해 보지도 않고 지레 겁먹고 포기할 필요는 없었다. 나라고 못 할 건 뭐란 말인가? 끝까지 올라갈 때까지 잡고 버텨야 했다.

　먼저 공부할 책 파일부터 구했다. 많은 분께 무작정 연락드려 도움을 청했다. 쉽지 않았지만 다행히 필요한 최소한의 책은 구할 수 있었다. 그렇게 구한 귀중한 책 파일을 음성 변환프로그램에 의지해 듣고 듣고 또 들으며 공부를 시작했다. 지금은 남들이 깜짝 놀랄 만한 속도로 듣고 있지만 처음부터 그랬던 것은 아니었다. 처음 김재왕 변호사님이 최고 속도로 듣는다고 할 때 어떻게 그게 가능한가 싶었지만 계속 듣다 보니 나도 그렇게 되었다. 달라진 몸 상태로 공부하는 건 생각보다도 더 험난한 길이었다. 눈을 감고 공부하면서 쏟아지는 졸음과도 싸우고, 공부하는 틈틈이 재활 훈련까지 받아야 했다.

　눈이 보이지 않는 상태에서 공부하는 데 졸음은 천적이었다. 눈을 감고 소리로만 책을 들으니 졸음이 쏟아지는 건 어쩔 수 없었다. 어느 날, 즐겨 입던 청바지를 입으려는데 바지가 없었다. 여기저기 찾다가 어머니께 물어보니 청바지의 엉덩이 부분이 얼기설기 엮인 실들이 다 드러나도록 헤어져서 버렸다고 했다. 하루 종일 앉아 감은 눈 사이로 쏟아지는 졸음을 참아 내느라 의자에 대고 이리저리 엉덩이를 비비적거린 결과였다.

　긴 시간을 공부해 오면서 지칠 때도 많았지만 그렇게 간절한 마음으로 공부했을 때는 오히려 공부가 힘들다는 생각이 별로 들지 않았다. 그냥 힘닿는 데까지 했다. 안 되면 어떻게 하지, 하는 걱정도 별로 들지 않았다. 어떻게든 될 것 같았다. 아니 그냥 된다고 생각했다. 그만큼 그때는 후회가 남지 않을 만큼 공부했다. 그러다 보니 공부하는 맛이라는 것을 알아 갔다. 시험이든 뭐든 작은 성과라도 눈에 보였다. 하는 만큼 되는 것보다 재미있는 건 없었다. 그렇게 선순환이 이루어졌다.

물론 이렇게 간절한 마음이 생기려면 강력한 동기부여가 필요하다. 자기가 무언가를 하고 싶다는 적극적 욕망일 수도 있고, 그것만은 피하고 싶다는 소극적인 저항일 수도 있으며, 선택의 여지가 없는 막다른 상황일 수도 있다. 무엇이든 상관 없다. 원하는 것을 분명하게 인식하는 것이 중요하다. 간절하게 원한다면, 어느새 내 몸이 먼저 그것을 향해 전진하고 있을 것이다.

비교하지 않고
나만의 속도로 공부하는 법

공부하는 사람에게 가장 중요한 것은 개인의 성장이지 타인과의 비교가 아니다. 하지만 이 말은 교과서에나 나오는 것일 뿐, 우리는 남과 비교하면서 우월감에 기뻐하고 열등감에 좌절한다. 긴 시간을 공부해 오면서 나를 괴롭혔던 것도 비교하는 마음이었다.

상대 평가 시스템은 학생들을 비교하면서 점수를 매기고 줄 세운다. 과도한 경쟁교육은 공부에 대한 동기를 찾게 하기보다는 남과의 서열 싸움에 집중하게 한다. 그 결과 누군가에게는 개인의 성장과 발전에 의미를 부여하지 못하게 하고 공부할 의욕을 빼앗아 가기도 한다.

처음 로스쿨에 입학해서 나는 큰 욕심이 없었다. 입학한 것 자체가 감사한 일이었다. 좋은 성적은 기대도 하지 않았다. 당시에는 로스쿨 학사 엄정화 제도가 도입되면서 수강 인원에 따라 A+부터 D까지 받을 수 있는 인원이 정해져 있었다. 그야말로 절대적인 상대 평가였다. 그런데 같은 반에 있던 사람들 중에는 법대 출신도 많았고 사법시험 공부를 몇 년 하다 온 사람에 법학 박사까지 있었다. 객관적으로 경쟁이 될 리 없었다. 그냥 C만 면하는 것이 목표였다. 다들 스터디를 한다는데 끼워 주는 곳도 없었다. 서른에 법 공부를 처음 하는 쌩비법은 도움이 안 된다 생각했을 것이다. 나도 군이 스터디할 사람을 찾지 않았다. 예습 복습에 주력하며 수업을 듣고 교과서만 봤다. 솔직히 하루 종일 공부해도 교과서 진도 따라가기가 벅찼다. 같이 밥 먹는 친구들에게 누구는 기관총 들고 싸우는데 우리는 낫 들고 싸우는 거 아니냐고, 무기 불평등 아니냐며 투덜거렸다.

1학기가 끝나고 나는 엄살범 지위를 획득했다. 학부 때 한 번도 받아 보지 못한 A+도 있었다. 사실 운이 좋았다. 계약법 문제가 아직도 기억난다. 의사가 병원을 개원하려고 임대차를 하고 의료기기를 리스하고 직원을 고용했는데 진료를 하다 문제가 생겼다. 임대차 계약을 제외하고 리스 계약, 근로 계약, 의료 계약은 민법 중요 쟁점과는 거리가 있다. 나는 교수님이 수업 시간에 오래 설명하길래 중요한 내용인 줄 알고 챙겨 보았을 뿐이다. 내가 더 공부를 오래 했거나 스터디를 했다면 열심히 안 봤을지도 모른다. 뒷걸음치다가 쥐를 제대로 잡은 셈이다.

하지만 초보자의 운은 길게 가지 않는다. 나는 내가 법학 적성이 있다고 착각했다. 성적을 잘 받고 싶은 욕심이 생겼다. 남들보다 잘하려면 알파부터 오메가까지 다 알아야 했다. 공부 범위와 시간을 늘렸다. 아침에 학교에 와서 밤 12시가 다 되어 기숙사에 돌아갔는데도 결과는 보란 듯이 실패. 중간고사는 대부분 평균 이하였다. 기초가 전혀 없는 나로서는 남들이 보는 두꺼운 책과 강의를 제대로 소화할 수 없었다. 기말고사에 어찌어찌 선방해서 C는 없었지만 줄줄이 B-를 받았다. 2학년 때 대형 로펌에 가려면 성적을 잘 받아야 되는데 마음대로 되지 않았다. 마음이 늘 불안하고 조급했다. 2학년이 되고 나서도 마찬가지였다. 중간 이하의 1학기 중간고사 성적을 붙들고 전

전긍긍했다.

그러다 사고 후에 복학을 하면서 성적에 대한 미련을 버렸다. 이 과정을 무사히 마치고 변호사가 될 수 있을지가 중요했지 성적 조금 더 잘 받고 못 받고에 따라 인생이 크게 달라질 건 없었다. 일정 수준에 도달하는 것 자체에 집중하다 보니 나만은 상대 평가가 아니라 절대 평가라고 생각했다. 경쟁자가 있다면 같이 공부하는 누군가가 아닌 어제의 나 자신이었다.

시력을 잃고 마음가짐을 바꾸다 보니 마음이 편해지고 스트레스도 덜 받았다. 당시에 주변에서는 "시각장애인이 공부를 잘하는 걸 아무도 기대하지 않는다", "중간만 가면 된다"라는 말을 해 주었는데 그 말들이 나름 도움이 되었다. 책 구하기도 어렵고 들으면서 공부하는데 남들보다 잘할 것이라고는 스스로도 기대하지 않았다. 그제서야 그 전에는 노력하는 것에 비해 욕심이 많았다는 것을 깨달았다. 남보다 잘해야 한다는 마음을 내려놓고 나니 쓸데없는 것에 마음을 빼앗기지 않고 내 앞에 놓인 과제에 집중할 수 있었다.

야구에서는 슬럼프에 빠지면 배트를 가볍게 잡으라고 한다. 긴장해서 잔뜩 힘이 들어간 스윙에 눈먼 공이 맞아 홈런이 될 수도 있지만, 대부분은 삼진이다. 컨택에 집중해서 힘을 빼고 가볍게 휘두른 배트에도 공이 정확하게 맞으면 쭉쭉 뻗어 담장을 넘어간다. 사실 정말로 그랬다. 복학한 그 학기에 나는 생애 최초로 4점 대 학점을 받았다. 성적을 확인하고 나조차도 깜짝 놀라 믿어지지 않았다. 성적순인지 학번순인지는 몰라도 그 학기 학업 우등상 시상식에서 최우등상 세 명 중 대표로 상을 받았다. 몇몇 과목은 복학 전에 듣던 과목이기도 했고 운도 따랐겠지만 그것 때문만은 아닐 것이다. 그 뒤에도 학점 하나하나에 일희일비하지 않고 공부한 결과 우등상을 받고 졸업할 수 있었다.

비교하는 마음은 자신을 채찍질하는 원천이 된다. 남들보다 잘하고 싶고, 못하기 싫다는 생각이 드는 건 자연스러운 일이다. 그로 인해 더 발전할 수도 있다. 그렇지만 비교하는 마음이 늘 좋은 것만은 아니다. 남과 비교하기 시작하면 끝이 없다. 늘 자기 위를 바라보면서 강박관념에 시달린다. 불안하고 초조하다. 경쟁에서 낙오되는 순간 끝이라는 불안이 영혼을 잠식한다. 그러면 오히려 제대로 된 성과를 얻지 못하기도 한다.

세상에는 능력자가 참 많다. 과학고, 카이스트, 로스쿨 같은 선발된 집단 속에 있다 보면 그걸 뼈저리게 느낀다. 다들 공부로는 동네를 주름잡던 친구들이다. 나는 열심히 한다고 하는데도 누군가 내 밑에 있다고 장담할 수가 없다. 내가 잘해도 남이 더 잘할 수 있다. 그 사실을 인정해 버리면 마음이 편하다. 남보다 잘하는 것이 아닌 전보다 잘하는 것이 발전이다.

책이
다 뭐라고

시력을 잃고 공부를 다시 시작하면서 가장 어려웠던 것은 책을 구하는 일이었다. 보통은 점자 책을 떠올리겠지만 시각장애인 다수는 중도 실명이라서 점자를 능숙하게 사용하려면 상당한 시간이 걸린다. 나도 점자를 배우긴 했지만 그걸로 공부를 할 수 있는 정도는 못 된다. 겨우 엘리베이터 숫자나 읽고 지하철 행선지 정도나 읽을 뿐이다. 읽을 수 있다고 해도 점자 책은 부피가 너무 크고, 원하는 부분을 찾기도 어렵다. 내게 점자를 가르쳐 주신 선생님은 점자 교재로 쓰던 국어책을 통째로 외우고 계신 듯했지만 그런 건 넘사벽이다. 물론 법학 쪽은 만들어져 있는 점자 책도 없다. 공부를 하려면 컴퓨터 파일을 구해야 한다. 법률이 바뀌고 판례가 계속 나오니 법학 교과서는 오래된 것을 볼 수 없다. 법 공부를 하는 시각장애인은 거의 없으니 결국 필요한 책 파일은 스스로 구해야 했다. 가능한 모든 수단을 동원해 파일 구하기에 나섰다.

그러다 보니 수강 신청을 할 때부터 신중해질 수밖에 없었다. 책 구하기가 힘드니 그 책으로 변호사시험까지 다 커버해야 했다. 우선순위는 변호사시험에 꼭 필요한 과목, 저자인 교수님이 직강하는 과목, 책이 없어도 강의안만으로 수업을 들을 수 있는 과목이었다. 수강신청을 마치고 수강 예정인 교수님들께 다음 학기 수강에 필요한 편의 제공을 부탁드리면서 교재 파일도 제공해 주실 수 있는지 여쭈었다. 난색을 표하신 교수님들도 계셨지만 많은 교수님께서 흔쾌히 응해 주셨다.

심영 교수님이 회사법 파일을 주셨고, 사법연수원에 출강하시던 권성수 부장 판사님이 연수원 교재 파일을 주셨다. 홍정선 교수님은 출판사를 통해 국립장애인도서관에 파일을 제공해 주셔서 책을 금방 받을 수 있었다. 나는 그 책 한 권으로 세 학기 행정법 수업을 들었다. 김홍기 교수님은 출간도 되지 않은 책 원고 파일을 주셨다. 덕분에 상법 정리를 잘 마칠 수 있었다. 박상기 전 장관님은 복도를 지나가는 날 불러 이렇게 말씀하셨다.

"내가 책을 하나 썼는데 파일 줄 테니 받으러 와."

나는 그 책으로 다음 학기에 예정에 없던 형사특별법 수업을 들었다. 한 과목 건진 셈이다. 교수님들이 자료를 주실 때는 저작권의 부담을 감수하면서도 나를 신뢰하고 주시는 것이기에 더욱 감사했다. 제자가 스승의 은혜에 보답하는 길은 여러 가지가 있을 수 있지만 나는 그 책으로 공부를 열심히 하기로 했다.

국립장애인도서관에서도 장애인들을 위한 대체자료 제작 서비스를 제공한다. 책을 신청하면 '데이지'라는 파일 형태로 책을 제작해 국립장애인도서관 홈페이지에서 들을 수 있다. 특별히 비용이 들지는 않지만 한 번에 제작할 수 있는 책 수도 제한이 있고, 제작하는 데 무척이나 오래 걸린다. 2~3개월 걸리는 것은 보통이고 민사집행법 교과서는 5개월이나 걸렸다. 5월에 수강 신청을 하고 제작 신청을 했는데 중간고사 직전인

10월에야 책이 나왔다. 책을 받아 보고 이유를 알 수 있었다. 각주가 너무 많았다. 수백 개나 되는 각주를 본문에 다 넣다 보니 읽을 때마다 본문인지 각주인지 알 수도 없었다. 당연하게도 시험은 그리 잘 보지 못했다. 반 학기 내내 책도 없이 필기만 봤는데 그나마도 만들어진 책 상태가 공부하기에 너무 불편했다.

표 부분도 그렇다. 표를 다 해체한다. 단순한 형식의 표는 그래도 상관없지만 표 형식으로 만들어진 문서 양식은 여기저기 병합된 셀들이 있어서 셀 사이의 상호 관계를 파악하는 것이 어렵다. 모의 기록 같은 것을 보면 대부분의 서류가 이런 양식으로 되어 있다. 사법연수원에서 국립장애인도서관에 소스를 제공해 제작한 모의 기록은 제작하는 데 힘만 들었지 제대로 활용할 수가 없었다. 점자로 읽기에는 불편하겠지만 전문적인 학술 도서를 만드는 데는 데이지 말고 각주나 표를 지원하는 파일 포맷을 이용하는 게 좋을 듯하다. 국립장애인도서관에서 많이 도움을 받기는 했지만, 국가가 제공하는 서비스로서 아쉬운 마음이 든다.

연세대학교 장애학생지원센터로부터도 지원을 받았다. 전문적인 장비가 없어서 도우미 학생들이 일일이 책을 타이핑하는지라 많이 맡길 수도 없고 미안하기도 해서 한 학기에 한두 권 정도 부탁했다. 파일 하나하나가 정성이었다. 급하게 읽어야 하는 강의 자료도 장애학생지원센터에서 제작해 주었다. 도우미 학생들은 대부분 학부생인데 얼굴도 잘 모르는 대학원생을 위해 고생을 마다하지 않는 것이 너무 고마웠다.

그럼에도 볼 책은 너무 많았다. 로스쿨 학생들은 책장 가득 책이 꽂혀 있다. 다 볼 수 있든 없든 간에 과목별로 좋다는 책을 사들이다 보면 자연스럽게 그렇게 된다. 파일로 만들 책을 줄이고 줄여도 한참 남았다. 김정호 이사님이 본인 책 교정을 보던 선생님을 소개해 주시면서 정인욱복지재단에서 교정비도 지원받게 되었다. 내가 책을 사서 실로암복지관에 보내면 책을 잘라 스캔하고 OCR(광학 문자 인식) 프로그램을 돌려 텍스트 파일을 보내 준다. 그런 뒤에 교정 선생님이 책과 파일을 비교해 가며 일일이 교정을 보는 것이다. 한 페이지에 천 원. 한 권에 몇백만 원짜리 책을 보면서 도저히 공부를 대충 할 수 없었다. 가능하면 책을 적게 만들려고 노력했지만 졸업하고 정산 내역을 보니 어마어마한 금액이었다.

그런데 뒤집어 생각해 보면, 내가 이렇게 힘들게 책을 구했던 것은 사실 시각장애인이 겪는 차별적 현실이다. 나는 사고를 겪기 전에 돈만 있으면 언제든지 서점에서 새 책을 살 수 있었다. 비용이 부담되면 중고로 구하기도 했고 다른 사람들에게 얻기도 했다. 한두 번 볼 책은 도서관에서 빌려 보기도 했다. 그런데 시각장애인이 되었다는 이유로 이런 기회를 모두 상실했다.

로스쿨을 졸업하고 재판연구원이 되기 며칠 전 남형두 교수님, 김영일 교수님, 김정호 이사님 등 여러 뜻있는 분들이 모여 만든 시각장애인 인권 모임 '계란과 바위'에서 주관한 시각장애 학생 교과서 보급 관련 토론회에 참석했다. 남형두 교수님이 좌장을 맡으셨는데 시간 되면 오라고 하셔서 갔다. 토론회 같은 데는 처음 가 봤다. 여러 의원님의 축사가 끝나고 정작 토론을 시작할 무렵에는 의원님들은 다 가고 실무자들만 남았다. 나는 교수님이 화를 내시는 것을 처음 보았다.

"듣고 가셔서 정책에 반영해 주실 분들은 다 어디 가셨습니까?"

사실 나는 책 구하기가 어려운 줄은 알았어도 그때까지 시각장애인용 교과서가 한 종류만, 그것도 적시에 제공되지 않고 있다는 것을 몰랐다. 중·고등학교용 교과서는 출판사마다 다른 책이 나오는데 그때까지 누군가는 교과서도 제대로 없이 학교를 다녔다는 말이 된다. 토론을 마치고 시각장애인 자녀를 둔 어머님께서 플로어 토론에 나섰다. 문제집 한 권이 없어 어머님들끼리 분량을 나누어 타이핑을 치고 계시다는 말씀에 참았던 울음이 터지고 말았다. 내가 지난 2년간 책을 구하느라 분투한 시간과 겹쳐지면서 나는 플로어 한가운데 앉아 엉엉 울었다. 나야 나이도 많고 혼자 헤쳐 나갈 의지도 능력도 있지만 그 친구들은 어린 시절부터 힘든 시간을 보냈을 것을 생각하니 눈물이 쉽게 그치지 않았다. 옆자리에서 김정호 이사님이 뭘 그렇게 우냐며 휴지를 건넸다.

다행히 토론회는 성공적으로 끝났다. 지금은 시각장애 학생이 재학하는 학교에서 수요가 있는 교과서를 모두 제작해 공급하기로 하는 정책이 시행되고 있다. 수많은 종류의 교과서를 적시에 공급한다는 것이 만만한 일은 아니다. 초기에는 시행착오도 있었지만 이제 점점 안정을 찾아가고 있다. 그렇지만 아직 시작 단계일 뿐이다. 시각장애 학생이 제대로 공부하려면 다른 책들도 필요한데, 학생들 이야기를 들어 보면 여전히 공부할 책을 구하기가 어렵다고 한다. 그에 비하면 나는 충분하지는 않더라도 책이 없어 공부를 못 하지는 않았다.

나는 나를 법조인으로 만들기 위해 어마어마한 사회적 자본이 투하되었음을 안다. 그리고 내가 로스쿨 재학생이어서, 성공 가능성이 높기 때문에 그런 기회를 얻을 수 있었다는 것도 안다. 대표 선수 같은 것이라 말할 수 있을까? 나는 열심히 공부해서 성공해야 할 의무가 있었다. 이 사회에 시각장애인도 여건만 되면 할 수 있다는 것을 증명해야 했다. 공부하면 얼마든지 이루어 낼 수 있으니, 책이 필요하다고 당당하게 요구하기 위해서. 나는 그동안 도와주신 분들의 노력을 헛수고로 만들고 싶지 않았다. 내 성공에 그치지 않고 다른 시각장애인들도 책 걱정 없이 공부할 수 있는 환경을 만들어 나가는 것은 이제 내 평생의 짐이다. 이 무거운 짐을 함께 들어 줄 누군가가 있기를 바란다.

이렇게 나는 시각장애인의 책 구하기 전쟁에서 살아남았다. 본격적인 공부도 아닌 준비 단계에 불과한 책 한 권 구하기가 만만치 않았고, 어렵게 구한 책은 한 권 한 권이 나에 대한 배려이자 응원이었다. 이런 책을 가지고 허투루 공부할 수 없었다. 힘들기도 했지만 도와주신 분들에 대한 고마움, 그 책으로 어떻게든 해 보이겠다는 책임감, 그런 마음들이 내가 계속 공부할 수 있게 하는 또 다른 원동력이 되었다.

눈꺼풀이
제일 무겁다

시력을 잃고 공부하면서 두
번째로 힘든 건 쏟아지는 졸음이었다. 원래 학생은 춥고 배고
프고 졸린 게 당연지사라지만 앞이 안 보이면 몇 배 더 졸린
다. 눈 감고 동영상 강의를 들어 보면 바로 알 수 있다. 방심하
면 정신이 안드로메다에 가 있고 입가에 무언가 흐르는 느낌
에 화들짝 깨기 일쑤다. 책을 듣는 것도 다를 바 없다. 다시 공
부를 시작하면서 학기 초에는 지난해 듣던 과목과 겹치지 않
는 행정법 위주로 책을 들었는데, 어느 순간 정신을 차려 보면

자동 재생을 걸어 놓았던 파일이 중간고사를 넘어 다음 학기를 향해 내달리고 있었다. 무의식중에 공부를 할 수 있다면 책을 수십 번은 들었을 것이다. 파일을 앞으로 넘겨 다시 들으면서 제대로 들은 부분을 찾으려면 시간이 한참 걸렸다. 복학하고 한동안 이런 나날이 반복되면서, 이래 가지고 공부를 제대로 할 수 있겠나 싶었다.

나는 원래 잠이 많았다. 하루 수면 시간이 최소 여덟 시간은 되어야 했다. 고등학교에 가서는 기숙사 생활을 하게 되었는데, 아침 기상 시간이 6시, 저녁 취침 시간이 12시였다. 여섯 시간을 자는 건 내겐 너무 힘든 일이었다. 밤에 스탠드 켜고 공부하는 걸로 룸메이트랑 다투기도 했다. 학교 방침상 기숙사에서 공부하지 말라고 책상도 없었고 스탠드 반입도 금지였다. 시험 기간에는 다들 몰래 스탠드 켜고 공부한다는데 나는 못 자면 하루 종일 멍한 상태여서 그냥 자는 게 좋았다. 게다가 그때만 해도 나는 원칙주의자여서, 학교에서 하지 말라는데 몰래 불 켜고 공부하는 게 이해 되지 않았다. 어머니들까지 중재에 나선 끝에야 겨우 갈등이 봉합되었다.

이렇게 잠이 많다 보니 깨어 있는 시간을 잘 활용해야 했다. 그래서 이동할 때나 운동할 때도 무언가를 들었다. 자투리 시간을 활용해 듣는 것이 책상에 각 잡고 앉아 공부할 때만큼 효율이 좋지는 않지만, 그 시간도 모이면 엄청난 시간이 된다. 집중해서 듣지 않아도 계속 듣다 보면 나중에 떠오르는 것들이 있는데, 이건 꽤 효과가 있어서 로스쿨에서 공부할 때뿐만 아니라 일하면서 판사시험을 준비할 때도 이동하면서 교과서 파일을 들었다. mp3로 만들거나 국립장애인도서관에서 시각장애인용으로 제작한 도서는 앱을 통해서도 들을 수 있다. 오히려 다른 사람들은 교과서를 듣는 게 쉽지 않으니, 이건 내가 시각장애인으로서 누리는 장점이기도 하다.

공부에 듣기를 적극 활용하게 된 계기는 로스쿨에 가려고 토익 공부를 다시 시작했을 때였다. 문득 고등학교 때 친구가 차에서 듣던 영어 회화 테이프가 생각났다. 그 이야기는 같은 동네에 살던 네 친구가 같이 과학고에 가게 되었던 때로 거슬러 올라간다.

기숙사가 있긴 했지만 집에 가야 하는 주말이 있어서 월요일 아침에는 등교를 해야 했다. 버스를 갈아타고 한 시간 넘게 가야 하니 부모님들이 돌아가며 애들을 태워 주기로 했다. 그런데 집집마다 차에서 나오는 소리가 다 달랐다. 한 친구네 집 차에서는 영어 회화 테이프가 나왔다. 매번 그걸 듣고 있길래 여기서까지 저걸 듣고 있냐 대단하다 싶은 생각이 조금 들긴 했지만 나는 같이 들을 생각은 안 하고 그냥 가는 내내 멍 때리고 있었다. 한 친구 집 차에서는 노래가 나왔고 다른 친구 집 차에서는 뉴스가 나왔다. 우리 집 차에서는 초보운전이라 운전하는 데 방해된다고 아무것도 나오지 않아 침묵 그 자체였다. (몇 년 뒤 차에서 영어 회화 테이프를 듣던 친구는 MIT에서 박사를 마치고 지금도 미국에 있다. 명실상부 글로벌 인재가 된 것이다. 나머지 셋은 뭐 하고 있냐고? 판사, 검사, 경찰을 하고 있다. 다시 말해 우리나라 과학 영재교육의 실패작이다. 따지고 보면 미국에 있는 친구도 투자은행에서 일하고 있으니 그 넷에 한정하여 우리나라 과학 영재교육은 완전히 실패했다. 그렇다고 우리들 인생이 실패한 건 아니다. 우리는 모두 각자의 자리에서 맡은 역할을 충실히 수행하며 잘 지내고 있다.)

이렇게 시간을 짜내고 아무리 효율적으로 공부한다 해도 진도를 따라가는 데 절대적으로 필요한 시간이 있다. 로스쿨을 다니면서 내가 설정한 시간은 주당 60시간이었다. 그 시간을 확보하기 위해 나는 어떻게든 잠을 깨야 했다. 커피로도 안 될 때가 있다. 그나마 필기를 하다 보면 거기에 집중할 수 있어서 잠이 좀 깬다.

복학하면서도 집중을 위해 최대한 몸을 쓰기로 했다. 눈이 안 보이게 되자 노트 필기는 물론 강의를 들으면서 노트북으로 제대로 된 필기를 하는 건 어려웠지만 손가락이라도 움직이기로 했다. 중요한 단어 위주로 타이핑을 했다. 다시 볼 것은 아니라서 오타 같은 걸 신경 쓸 필요는 없었다. 그런데 의외의 효과가 있었다. 타이핑하는 과정에서 잠도 깨고 생각이 정리되었다. 하다 보니 오타도 많이 줄었다. 첫 학기에는 스스로 한 필기를 도저히 못 볼 수준이어서 도우미 친구들이 전해 주는 필기에 의존했는데 3학년이 되자 내가 한 필기도 그럭저럭 볼 만한 수준은 되었다. 수강 변경으로 도우미를 못 구한 과목은 혼자 수업을 듣고 정리했다.

부지런히 손가락을 움직이는 것과 더불어 입을 움직이는 것도 상당한 도움이 되었다. 옛날 서당에서 괜히 낭독을 했던 것이 아니다. 말을 하려면 집중을 해야 한다. 다른 사람들에게 방해가 되니 혼자 있는 시간에만 할 수 있지만 때로는 손가락 이상으로 유용했다. 나는 3학년이 되면서 컴퓨터실 조교로 일하던 로스쿨 후배 기담이 덕분에 컴퓨터실에 딸린 조교실 한 켠에 책상을 놓고 둥지를 틀었다. 기담이가 없을 때면 혼자 중얼거리기도 하고 서서 스트레칭을 해 가며 들었다. 그렇게 졸린 고비를 넘기면 한동안은 다시 집중할 수 있었다. 하루에도 여러 번 고비를 넘겼다.

이렇게 해도 안 되면 포기하고 잠깐 눈을 붙인다. 때로는 저항하지 않는 것이 현명하다. 역시 눈꺼풀이 제일 무겁다.

공부도
소화불량에 걸린다

과유불급(過猶不及)은 "지나친 것은 미치지 못한 것과 같다"는 의미로 『논어』 「선진편」에 나온다. 흔히들 공부는 많이 할수록 좋으니 다다익선(多多益善)이라고 생각한다. 그런데 세상의 많은 것이 다다익선이더라도 어느 정도를 넘어가면 과유불급이 되듯이 공부도 그럴 때가 있다.

나는 로스쿨 합격 발표가 나고서야 법 공부라는 걸 처음 해봤다. 민법부터 보라는데 도서관에 가서 책을 읽어 봐도 감이 오지 않았다. 삽질을 줄이려면 남들이 어떻게 공부했는지 살펴보는 게 먼저다. 합격 수기부터 찾았다.

수석 합격자 수기는 내겐 큰 도움이 안 되는 듯했다. 수석을 할 만큼 머리가 좋거나 수석을 할 만큼 엉덩이가 무거워야 한다. 당연히 내가 그럴 리가 없지 않은가? 일단 수험 기간이 짧은 사람 수기를 찾았다. 그걸 보면 필요한 최소한의 공부량을 알 수 있다. 이를 바탕으로 계획을 세웠다.

나는 MBTI에서 전형적인 INTP이다. P형 인간이 계획을 세우는 게 성격에 맞을 리 없다. 그래도 효율적인 공부를 하려면 안 지킬 걸 알면서도 계획은 필요하다. 그것마저 없으면 하고 싶은 것만 하다 정작 해야 할 걸 놓친다. 일정 분량을 공부하는 데 어느 정도 시간이 걸리는지 살펴보고 내가 할 수 있는 범위 내에서 공부할 책을 정한다.

나는 눈이 안 보이게 되고 나서 가장 먼저 공부 전략을 바꿨다. 남들이 눈으로 보는 시간에 귀로 들으며 공부하려니 같은 시간에 공부할 수 있는 양이 적어진다. 그렇다고 공부 시간을 더 늘리는 것은 불가능하다. 결론은 양을 줄이는 것이었다. 최대한 얇은 책을 고르고, 그 책에 안 나오는 것은 쿨하게 버렸다.

이렇게 무언가를 버리는 전략은 변호사시험 준비를 할 때 더욱 유용했다. 부담 없이 버릴 수 있었던 것에는 같이 공부하던 용국이 형의 덕이 컸다. 용국이 형은 경찰을 한참 하다 온 입학 동기인데 내가 휴학해서 한 학년 위가 되었다. 형은 매우 효율적인 사람이었다. 변호사시험 준비를 위해 가르침을 청했다.

"어떻게 하면 되겠습니까?"

"기록형, 사례형 위주로 해. 선택형은 헌민형(헌법, 민법, 형법) 일단 버리고. 행정, 형소, 민소, 상법부터 봐라."

"넵!"

이유인즉 기록형, 사례형에 나올 만한 것들은 중요해서 선택형에도 나오는데 선택형에만 나오는 건 덜 중요하다는 것이다. 그리고 헌민형 선택형은 볼 게 너무 많아서 웬만큼 공부해선 티가 안 난다고 했다. 같은 시간에 다른 거 공부해서 점수를 올려 두고, 선택형은 출제 확률이 높은 기출과 최신 판례만 보라는 것이다. 모르면 그냥 찍으면 된다고.

로스쿨 3학년은 시험 범위가 너무 많은 탓에 뭘 봐야 할지 몰라 심리적 압박에 시달린다. 다 보면 좋겠지만 대부분의 학생들은 그만큼 소화하기가 쉽지 않다. 수험생 입장에서는 투자

하는 시간 대비 효율이 높은 순서대로 공부하는 것이 유리하다. 헌민형 교과서도 없는 내 상황에 위 처방은 딱 맞았다. 책도 없고 볼 시간도 없으니 적극 수용했다. 재판연구원 준비를 해야 하니 민형사 기록형 위주로 보기로 했다. 다만, 빠른 졸업 시험 패스를 위해 행정법과 상법은 봄학기 수업을 듣고, 헌법은 겨울방학에 중요 쟁점 위주로 사례형만 준비했다.

남들 안 보는 부분 먼저 공부해서 6월에 졸업시험을 쉽게 통과했다. 이건 아무리 봐도 사파의 마공이다. 그래도 정파의 정순한 내공보다는 속성으로 가능하다. 깊이는 없어도 수험생에게는 일단 붙고 보는 게 중요하다. 나는 주변에 용국신교를 적극 전파했다. 멘탈이 너덜너덜해진 좀비들이 출몰하는 광복관에는 포교 대상자가 많았다.

"그건 일단 버려. 얇은 거 봐."

"그래도 되나요?"

"시간 남으면 나중에 봐."

사실 어차피 시간이 없어서 못 본다. 누군가가 버리라고 해주면 마음이 편해지면서 이 정도는 볼 수 있겠다는 의지가 생긴다. 그렇게 공부해서 붙은 친구들이 몇 된다.

어느 여름날 기담이와 재판연구원 원서를 내고 돌아오는 길에 성우가 최근 기숙사에 박혀서 잘 안 나온다는 이야기를 들었다. 치맥하고 들어가려는 김에 성우를 불러냈다.

"형, 올해는 안 될 것 같아요."

"야, 이거 이거만 봐. 이 정도는 괜찮지? 출첵스터디 끼워 줄 테니까 낼 아침부터 나와라."

성우는 기담이와 내가 치맥을 먹여 가며 낚은 끝에 마음을 다잡고 열심히 공부해서 한 방에 변시를 통과했다. 나중에 고맙다는 이야기를 여러 번 들었다. 그날 치맥 먹으러 안 갔으면 어쩔 뻔했나 싶다고 했다. 공부는 본인이 했지 내가 해 준 건 별로 없지만.

이 전략이 유용했던 건 법 공부가 무진장 양이 많기 때문이다. 어차피 다 볼 수 없으면 중요한 것만 보고 나머지는 아예 안 보겠다는 것인데 중요한 것만 보기도 벅차니 중간은 간다. 시험에 모르는 것이 나오면 '과감히 포기!', 는 아니고 법전을 찾는다. 다행히도 선택형 시험이 아니라면 법전이라는 무기가 있다.

나는 내가 가진 여건에서 최대한의 결과를 끌어내려고 애썼다. 듣는 것만으로 남들만큼 공부하는 것은 불가능하다. 그렇다면 양을 줄여야 하고 양을 줄이려면 중요한 것부터 해야한다. 당연히 고득점은 어렵다. 게다가 당시에는 변시 성적이 공개되지 않아서 고득점은 필요 없었다. 나중에 누가 헌법소원을 해서 성적 공개가 결정되었다. 점수를 조회해 보니 합격에는 넉넉하지만 고득점은 아닌 점수. 기록형 세 과목 빼고는 평균 언저리 점수가 나왔다. 재판연구원 동기와 성적을 비교해 보니 200점 차이가 났다. 뒤통수를 맞긴 했지만 후회는 없다. 성격상 더 하려고 했어도 못 했을 것이다. 나는 할 만큼 했다.

공부도 그렇고 살다 보면 힘에 겨워 엄두가 안 나는 일이 있다. 그럴 때는 중요한 것부터 하고 나머지는 일단 버릴 각오를 해야 한다. 다 끌어안고 장렬하게 산화하는 것보다는 어떻게든 살아남겠다는 의지가 필요하다. 그러려면 중요한 것은 챙기고 사소한 것은 버려야 한다. 버린 것은 나중에 여유가 되면 챙길 수도 있고 여유가 안 생겨 포기해도 타격이 적다. 욕심내서 소화하지도 못할 공부를 꾸역꾸역 하다 보면 중요한 걸 놓친다. 그래, 공부도 소화불량에 걸린다.

숲에서
길 찾기

공부하는 과정은 숲에서 길
을 찾는 과정에 비유할 수 있다. 나무가 모여 숲이 되듯이 개별
지식이 모여 학문이라는 체계를 이룬다. 숲을 먼저 볼 것인지
나무를 먼저 볼 것인지는 사람마다 의견이 다를 수 있지만, 나
는 숲을 먼저 보자는 쪽이다. 숲이 작으면 뭘 먼저 보든 나무를
다 살피게 되니까 중요한 문제가 아닌데, 숲이 크면 전반적인
그림을 알고 공부하는 것과 모르고 공부하는 것에서 큰 차이
가 난다. 세부적인 건 몰라도 큰 틀을 이해하고 흐름을 알면 숲

에서 길을 잃지 않는다.

　누군가의 수기에서 처음 법을 공부하는 사람은 양창수『민법입문』을 보라고 했다. 세 번 보라고 했다. 서점 가서 책을 사왔다. 읽어 보니 왜 이걸 보라고 했는지 알 것 같았다. 법은 생활에서 동떨어진 것이 아니다. 일상에서 언제든 발생할 수 있는 문제를 어떻게 해결할 것인지 정한 것이 법이다. 그런데 우리 민법 조문은 논리적 순서대로 구성한 것이 아니라 공통되는 부분을 모두 뽑아내 앞쪽에 배치한다. 조문 순서대로 되어 있는 교과서를 처음부터 보면 이해되지 않는 게 당연하다. 흐름을 논리적 순서로 배열하자 놀랍도록 술술 읽혔다. 심지어 재미있기까지 했다. 숲을 보기 위해 이렇게 입문서를 볼 수도 있지만, 교과서를 훑어보는 것도 좋은 방법이다. 잘 이해하지 못했다고 해도 다시 읽을 때 더 이해하기 쉬워진다.

　숲을 보아야 하는 이유는 또 있다. 자연 상태의 숲에서 나무는 아무 이유 없이 자라지 않는다. 여러 가지 생육 조건이 맞았기 때문에 자라난다. 지식이라는 나무는 하늘에서 떨어진 것이 아니다. 법학에서는 아무 이유 없이 그런 법과 판례가 만들어질 리 없다. 어떤 제도가 만들어진 것에는 역사적 배경과 논리적 이유가 있다. 전체적인 법질서 속에서 개별 조항이 가지는 의미가 있는 것이다. 그걸 염두에 두면 개별 조항의 의의와 요건을 조금 더 쉽게 이해할 수 있다.

물론 숲을 아는 것과 나무를 아는 것은 상호 보완적이다. 개별 법 제도를 잘 이해할수록 전체에 대한 이해도도 높아진다. 중요한 것은 역시 밸런스일 것이다. 특정 부분에 꽂히면 논문은 쓸 수 있어도 시험은 일찍 못 붙는다.

숲을 보았으면 나무를 볼 차례다. 큰 나무, 작은 나무, 흔한 나무, 희귀한 나무가 있듯이 지식도 중요한 것과 덜 중요한 것, 원칙적인 것과 예외적인 것이 있다. 공부를 효율적으로 한다는 것은 지식을 잘 분류해서 구조화하는 일이다.

복학하고 성적이 일취월장한 것은 역시 용국이 형 덕이 컸다. 형이 내 수업 시간표를 듣더니 작년에 회사법시험 볼 때 정리한 것이라며 비급을 내밀었다.

"너만 봐라."

"넵!!!"

양이 많지도 않은데 출제 가능한 부분이 엑기스만 정리되어 있었다. 시험 볼 때 가장 화가 나는 순간은 '아 그거 봤는데……' 하는 순간이 아니던가? 잘 정리되어 있으니 외우기도 수월했다. 그 비급을 수없이 돌려 보고 중간고사를 잘 봤다. 내가 법학시험 공부에 눈을 뜬 것은 그때부터였다. 깜짝 놀랄 성적을 받았다.

비급에 중독되어 나는 다음 학기에도 SOS를 쳤다. 기말고사 일주일을 남기고 밥 먹으면서 용국이 형이랑 경준이 형에게 형사소송실무시험을 어떻게 보아야 하는지 한 시간 강의를 들었다. 그것만으로도 뭔가 게임을 하면서 치트키를 쓴 듯 안개가 걷히는 느낌이었다. 'Black sheep wall(《스타크래프트》의 지도 치트기, 사용하면 모든 시야가 밝아진다).' 그날 밤에 정리 파일도 날아왔다. 이번에도 A+를 받고 나는 용국신교의 열렬한 추종자가 되었다.

용국이 형이 준 것은 말하자면 길을 찾는 지도 같은 것이었다. 그러나 지도가 있다고 모두가 길을 찾을 수 있는 것은 아니다. 숲에서 좀 헤매도 보고 스스로 길을 찾으려 노력도 해 보았기에 지도를 받아 들고 무릎을 탁 칠 수 있었다. 강의를 들을 때는 다 알 것 같은데 나중에 다른 사람에게 설명하라고 하면 못 하는 경우가 많다. 강의를 듣는 건 누군가의 안내를 받아

숲길을 가는 것이다. 좋은 안내인들은 자기만의 노하우가 있고 이를 알려 주지만, 스스로 생각하고 체화하지 않으면 다음번에 혼자 그 길을 가지 못한다. 갈림길에서 어디로 가야 하는지, 어떤 나무가 랜드마크인지 자기가 알고 있어야 길을 찾을 수 있는 것이다. 구조화한다는 것은 숲의 지도를 그리듯이 어느 쪽에는 어떤 나무가 있고, 그 나무는 어떤 특징이 있으며, 그 주변에선 어떤 동식물을 발견할 수 있는지와 같은 정보를 차곡차곡 정리해 나가는 것과 비슷하다. 많이 쓰이는 중요한 내용은 무엇인지, 다른 내용과의 연관성은 어떤지, 실제 적용될 때는 어떻게 적용되는지와 같은 것들을 생각하면서 꼭 알아야 할 내용을 하나씩 쌓아 나가는 것이다. 어느 정도 틀이 잡히면 새롭게 습득한 지식은 그 구조 안에서 쉽게 자리를 잡는다. 새로운 지식이라면 구조를 확장시킨다. 그렇게 유기적으로 연결된 것들은 쉽게 무너지지 않고, 무너지더라도 쉽게 복구된다.

그렇다면 무엇이 중요한지는 어떻게 알 수 있을까? 남들이 잘 정리해 둔 것을 보는 것도 좋고 여러 번 읽어 보고 직접 정리하는 것도 괜찮다. 내 경우에는 시험을 보고 복기하는 것도 굉장히 효율적인 방법이었다. 시험을 보는 중에는 모르는 것도 고민해서 최상의 능력을 발휘하기 때문에 다시 살펴보면 잘

잊히지 않았다.

모의고사를 보고 답안지 채점이 끝나자 기담이와 나는 우리 둘의 답안과 최고 답안 세 개를 놓고 분석에 들어갔다. 분석 결과는 의외로 간단했다. 몇몇 득점 요소가 정해져 있고 그걸 대략적으로나마 쓰기만 해도 상당한 점수를 받을 수 있었다. 결국 시험 답안이라는 건 잘 쓰는 게 중요한 것이 아니라 채점 기준에 맞는 포인트를 터치해 주기만 하면 된다. 나는 그다음 모의고사에서 내 가설을 실험했다. 여덟 페이지짜리 기록형 시험 답안을 딱 두 페이지 반을 썼다. 그래도 평균 이상이었다. 논술형 시험이라 하더라도 결국은 목차와 키워드가 핵심이다. 살을 붙이는 건 그다음 문제다.

선택형 문제는 그냥 알면 맞는 것이고 모르면 틀리는 것이지만, 논술형 문제는 해당 내용이 정확한 자리에 들어가 있어야 한다. 법학에서 요구하는 것은 주어진 사실관계에서 문제점을 뽑아내고, 법적 근거를 제시한 다음, 사례에 적용해, 결론을 내는 IRAC(Issue-Rule-Application-Conclusion)의 논리적 과정이다. 그 과정에 반드시 언급하지 않으면 결론이 달라지게 되는 필수 요소들이 있다. 그걸 다른 사람에게 설명할 수 있을 정도로 아는 것이 공부의 끝이다.

공부는 이렇게 숲에서 길을 찾는 과정인 것 같다. 검색하면 뭐든 나오는 시대라지만, 지식은 사고의 기반이 된다. 공부하는 과정은 단순히 지식을 습득하는 것을 넘어 스스로 생각하는 힘을 기르는 과정이기도 하다. 사고력은 누가 떠먹여 준다고 길러지지 않는다. 열심히 배우고 생각해야 발전한다. 우리가 공부하는 이유는 바로 이것 때문이 아닐까?

반복
또 반복

"김 판사님은 한 번 보면 다 외운다는데 정말인가요?"

어디서 잘못된 소문이 났나 보다. 한 번 보고 외우면 참 좋겠는데 그렇게 될 리가 없다. 나는 암기력이 그저 그렇다. 사회 평균인보다 좋을 수도 있겠지만 입시를 위한 학원이나 고등학교, 대학교, 대학원을 거치면서 내가 속한 집단 안에서는 암기력으로 승부를 볼 만한 스타일은 아니었다. 그대로 외우는 것은 잘 못한다. 예를 들자면 영어 단어 외우기 같은 것. 내가 중

학교 때 다닌 학원은 스파르타식 교육으로 유명했다. 날마다 보는 평가시험이 끝나면 어김없이 매타작의 시간이 기다리고 있었다. 사실 그걸로 영어 공부가 되었는지는 잘 모르겠다. 둔부와 대퇴부의 통각 신경이 둔화되어 맷집은 엄청 늘었다. 내가 영어 단어를 조금만 더 잘 외웠더라도 의대를 지원했을지 모른다. 그냥 머리에 남으면 모를까 달달 외우는 건 엄청 싫어했다. 수학 공식 같은 건 외워서 문제를 풀면 되는데 좀 게을렀다. 지금 돌이켜 보면 미친 생각이지만 그때 생각은 이랬다. '공식 기억 안 나면 유도해서 풀지 뭐.'

그런데 어쩌다 보니 로스쿨에 왔다. 사실 무턱대고 외우기에는 분량이 너무 많다. 암기 노하우 같은 것도 딱히 없었다. 시험 보고 교수님 방에 가서 피드백을 받을 때면 늘 듣는 말이 이랬다.

"자네는 암기를 더 해야겠네."

"아는 것 같긴 한데 뭔가 부족해."

정확한 워딩을 써 줘야 되는데 2프로 부족한 건 나도 안다. 한두 과목도 아니고 과목마다 이런 식이니 짜증이 났다. 남들처럼 두문자 따다가 외워야 되나 싶은 생각이 들다가도 그 두문자를 외우는 것 자체가 또 스트레스였다. 밤새 바짝 외워서 시험 보는 건 애초에 나에게 맞지 않았다.

복학 후 행정법 수업을 듣다가 교수님께서 하신 말씀을 듣고 컬처쇼크가 왔다.

"외우면 편해."

'아!'

과연 그랬다. 법학에서도 기본 정의나 개념은 수학에서의 근의 공식, 과학에서의 뉴턴 법칙 같은 것이다. 의미를 이해하고 나면 외워서 그냥 쓰는 것이지 매번 그 의미를 풀어 설명하거나 유도해 내지 않는다. 또한 기본 공식에서 파생되는 것들은 문제를 풀면서 자연스럽게 기억되기도 하고, 그 과정만 이해하고 나면 딱히 외우지 않아도 논리적으로 풀어 나갈 수 있다. 법학도 다를 바 없었다. 법조문과 판례 요지를 다 외우는 것이 아니다. 자주 쓰는 조문은 법전을 찾는 시간을 아끼기 위해 외우고, 나머지는 필요할 때 법전을 찾는다. 판례는 논리 구조를 따라 가면서 내 생각과 맞춰 본 다음, 다른 판례와 구별되는 특징적인 부분을 정리하고 내 생각과 다른 부분에 집중한다. 그러면서 판례처럼 생각하기에 점점 익숙해진다. 판아일체가 되면 몇몇 키워드 외에는 구태여 외울 필요가 없다. 이런 식으로 외워서 편하게 써먹을 수 있는 것만 열심히 외우고 나머지는 그냥 자주 읽으면서 머리에 남기기로 했다. 투 트랙 전략이었다.

인간의 기억은 휘발성이 강하다. 시간이 지나면 잊어버리는 것이 당연하다. 인간의 기억을 연구한 에빙하우스에 따르면 20분 후에는 58퍼센트, 한 시간 후에는 44퍼센트, 아홉 시간 후에는 36퍼센트, 6일 후에는 25퍼센트, 한 달 후에는 21퍼센트를 기억한다고 한다. 돌이켜 생각해 보니 나도 그런 경험이 있었다.

학부 4학년 때 미국에서 오신 교환교수님께 강의를 들은 적이 있다. 그 수업의 최고 장점은 진도를 나가기 전에 지난 시간 리뷰와 이번 시간 프리뷰를 간략히 하고 마치기 전에도 이번 시간 리뷰를 해 준다는 것이었다. 한 시간 반 수업이니 쉬는 시간을 빼고 앞뒤 자르고 나면 강의 시간이 부족할 수도 있는데 교수님은 그 방법이 효과적이라고 보신 것 같았다. 실제로 수업 시간에 다루는 내용은 중요한 것 위주로, 분량 자체도 많지 않았다. 재수강생인 나는 조금 유리할 수도 있었지만 초수강 때 공부를 안 했기 때문에 딱히 다르지도 않았다. 그런데 기말고사를 볼 때 대반전이 일어났다. 딱히 공부를 열심히 하지도 않은 것 같은데 수업 시간에 들은 내용이 생각나면서 문제가 술술 풀렸다. 수업을 듣는 것만으로도 공짜로 예습과 복습을 한 셈이니 기억에 오래 남았다.

그래서 이를 이용해 공부 일정을 세웠다.

1. 다음 날 수업할 부분을 예습한다.
2. 수업 시간에 수업을 열심히 듣는다.
3. 수업 직후 그날 들은 내용을 빠르게 떠올려 본다.
4. 도우미 친구들이 필기를 전달해 주면 수업 내용을 떠올리면서 바로 읽어 본다.
5. 다음 수업 예습을 하면서 지난 수업 내용을 복습한다.
6. 주말에는 새로 진도를 나가기 전에 그 주에 공부한 내용을 복습한다.
7. 시험 기간 2~3주 전부터 시험 범위에 해당하는 내용을 복습한다.
8. 시험 기간에 계속 본다.

이렇게 하면 같은 내용을 열 번 정도는 보게 된다. 시간이 엄청나게 걸릴 것 같지만 복습의 주기를 짧게 가져갈수록 머릿속에 남아 있는 내용이 많기 때문에 그리 오래 걸리지 않는다. '그건 이거였지' 확인하는 수준이다. 처음에는 이해되지 않았던 것도 여러 번 반복하다 보면 특별한 노력을 하지 않아도 알게 될 때가 있다. 그래도 제대로 이해하지 못한 부분이 있다면 여유 있을 때 찬찬히 살펴본다. 자주 보다 보면 익숙해져서 머리에 오래 남는다. 암기해야 될 부분은 따로 정리해 두었다가 수시로 본다. 그러면 공부한 내용들이 장기 기억으로 전환된다. 시험 전날 밤새워 볼 필요가 없는 것이다.

문제집을 풀 때도 그렇다. 나는 문제집을 풀 때 책은 그대로 두고 다른 곳에 답을 표시한다. 문제 번호에 틀렸다고 사선만 하나 긋는다. 며칠 지난 다음 다시 풀기 위해서다. 일종의 오답노트라고 생각할 수도 있겠다. 처음 풀었을 때 맞힌 것도 다시 풀면 틀리는 경우가 있다. 찍어서 맞힌 것이다. 첫 번째와는 반대로 사선을 긋는다. 두 번을 풀어도 틀리는 게 있다. 그건 모르는 것이다. X표가 된다. 세 번째 풀어도 틀리는 건 잘못 알고 있는 것이다. X표가 굵어진다. 서너 번 검증을 마치면 표시된 부분만 반복하면 된다. 리트를 준비할 때도 토익을 준비할 때도 변호사시험을 준비할 때도 그렇게 했다. 내가 뭘 알고 뭘 모르는지, 뭘 잘못 알고 있는지 파악하는 데 이것보다 확실한 방법은 없다. 선지 하나하나를 두고 왜 맞는 설명인지 틀린 설명인지 스스로 풀이할 수 있게 되면 그 책은 오롯이 내 것이 된다. 너무 일찍 다시 풀면 대충 봐도 답을 찍을 수 있어서 의미가 없다. 너무 늦으면 많이 잊어버려 비효율적이다. 그 사이에 다른 공부를 하면 딱 좋다.

이렇게 공부하니 효과가 아주 좋았다. 돌아서면 까먹었었는데 지식이 머릿속에서 날아가는 속도가 눈에 띄게 줄었다. 지식의 스노우볼이 구르면서 공부 효율이 부쩍 좋아졌다. 덕분에 자신감도 생기고 성적도 올랐다. 변호사시험을 볼 때도 시험 기간 중에 휴식일을 제외하고는 공부할 시간이 없어 벼락치기 같은 건 꿈도 못 꿨는데 장기 기억으로 전환된 것들이 크게 도움이 되었다.

사람마다 공부하는 스타일은 제각각이다. 벼락치기로 승부를 보겠다면 그것도 좋다. 그런데 그게 안 되는 사람이라면, 보고 또 보는 전략은 꽤 쓸 만하다.

공부는
리듬이다

"오빠는 컨디션 관리만 하
는 것 같아."

2학년 2학기부터 3학기 동안 필기 도우미를 해 준 현영이가
재판연구원을 준비할 때 같이 밥 먹으러 가면서 했던 말이다.

현영이가 보기에 나는 열심과는 약간 거리가 있다. 밤늦게
까지 공부하지도 않고 주말에 하루는 학교에 안 온다. 시험 기
간이라도 맛있는 것 먹자고 하면 거절하는 법이 없다.

맞다. 사실 '열심히'도 중요하지만 '좋은 컨디션'이 더 중요

하기 때문이다. 로스쿨 동기 중에 첫해 불합격한 친구들은 대부분 체력 관리, 멘탈 관리에 실패했다. 변호사시험이라는 장기 레이스에서 아프면 공부를 못 한다. 잘 자고 운동도 꾸준히 해야 한다. 맛있는 것 먹으며 스트레스를 해소하는 것도 필요하다. 주객이 전도되는 것이 문제일 뿐이다.

나는 공부할 때는 집중력을 유지하는 것이 핵심이라고 생각한다. 흐릿한 정신으로 책을 붙들고 있어 보아야 머릿속에 제대로 들어오지 않는다. 그러기 위해서 적절한 운동과 충분한 수면은 대단히 중요하다.

먼저 운동은 체력을 기르기 위해 필요하다. 공부하는 데는 생각보다 많은 체력이 소모된다. 그뿐만 아니라 운동을 하면 집중력과 기억력이 향상된다. 공부를 한 시간 덜 하더라도 운동을 하는 편이 전체적으로는 더 나은 결과를 가져온다. 특히 내 경우에는 다른 사람들보다 체력이 더 필요했다.

전맹 시각장애인은 장애 때문에 편의 제공의 하나로 시간을 연장받는다. 어떤 시험이냐에 따라 다르지만 1.5~2배 정도다. 두 시간짜리 학교 시험이야 네 시간이니 별것 아니다. 그런데 재판연구원시험은 형사 두 시간 반, 민사 세 시간이다. 두

배면 열한 시간 동안 초집중 상태를 유지해야 한다. 변호사시험은 나흘간 하루 평균 여섯 시간 정도 시험을 본다. 내 기준으로는 거의 열 시간이다. 실제 변호사시험을 볼 때 아침 8시까지 시험장에 가서 마치고 집에 오면 9시가 넘었다. 그 시간 동안 긴장한 상태로 시험을 마치고 나올 때면 거의 탈진 상태였다. 그걸 이틀 보고 하루 쉬고 이틀 본다. 다른 사람들이야 시험 보고 와서 다음 날 시험 공부를 한다는데 씻고 아침 먹고 시험장까지 가려면 6시에 일어나야 하니 나는 집에 와서 자기 바빴다. 시험을 잘 보기 위해 가장 중요한 것은 체력이었다.

예전에는 주로 헬스장에서 운동을 했는데 시력을 잃고 나서는 헬스장에 가기 어려웠다. 실내 자전거로 운동을 하긴 했지만 만족스럽지 않았다. 그러다 시작한 마라톤은 체력을 기르는 데 상당한 도움이 되었다. 일주일에 두 번 뛰는 것만으로도 공부 효율이 눈에 띄게 향상되었다. 다른 운동은 뭘 하면 좋을지 궁리하다가 예전에 〈무한도전〉 조정 특집에서 나왔던 로잉 머신을 마련했다. 10~20분만 해도 허벅지가 터질 것 같고 토하기 직전에 이르렀다. 시각장애인이 전신 고강도 운동을 하기에 노젓기만큼 시간이 적게 걸리면서 안전하고 효과적인 운동은 없었다. 비싸지만 제대로 돈값을 했다. 원래 나는 운동을 즐기는 사람이 아니었지만 생존을 위해 운동은 필수였다. 운동을 할 때와 하지 않을 때의 컨디션은 하늘과 땅 차이였다.

충분한 수면 역시 효율적인 공부를 위해 필수다. 자는 것은 학습과 기억 능력을 향상시키는 데 매우 중요하다. 깨어 있는 동안 우리가 보고 느낀 정보는 뇌에 기억의 형태로 저장된다. 이때 시냅스 강화가 일어나고, 강화된 시냅스 속에 기억이 저장된다. 자는 동안 기억이 저장된 신경 세포와 시냅스가 다시 활성화되고, 학습한 내용이 정리되어 장기 기억으로 보존된다. 또한 쓸모 없는 시냅스가 사라진다. 시냅스가 무한정 생겨나는 것은 아니므로 이 과정을 통해 새로운 정보를 받아들일 준비를 마친다. 이처럼 자는 것은 학습에 큰 영향을 미친다.

나는 앞에서 이야기한 것처럼 원래 잠이 많은 스타일인 데다 눈이 안 보이면 무척이나 졸리고, 졸리면 아무것도 못 한다. 잠이 없는 축복받은 사람들은 잘 모르겠지만 여덟 시간 자는 삶에 익숙한 사람은 밤에 충분히 자야 한다. 그래서 나는 잠을 줄여 가며 공부를 더 하고 싶은 생각은 없었다. 졸리지 않고 공부도 잘 되는데 일부러 일찍 잘 필요까진 없지만 공부하던 시절에는 웬만하면 12시쯤에 잠자리에 들려고 했다. 적절한 운동은 숙면에도 도움이 되었다. 학생이 잘 만큼 잔다고 게으른 것이 아니다. '4당 5락'이니 "그래서 지금 잠이 옵니까?" 같은 말들은 나에게 조금도 맞지 않았다. 얼마나 자는지는 각자의 스타일일 뿐이다.

운동도 하고 충분히 잔 다음 일정 시간 동안 최상의 집중력을 유지하는 것이 중요하다. 그렇게 하더라도 하루에 열 시간 이상 공부할 수 있다. 학업 성취도는 공부 시간 그 자체보다는 얼마나 집중해서 내용을 이해하고 장기간 기억하느냐에 달려 있다. 열 시간을 공부한다고 할 때 10퍼센트만 효율을 높여도 열한 시간 공부한 것과 비슷한 효과를 낸다. 시험 직전에 단기간이라면 몰라도 공부는 몸 축내면서 하는 게 아니다. 평소 컨디션을 잘 관리해야 중요한 시험 직전에 막판 스퍼트를 할 수 있다. 누가 뭐래도 효율은 그때가 최고다. 그렇게 착착 준비해서 시험을 보면 자기 실력을 최대한 발휘할 수 있다. 공부 역시 강약을 조절하고 리듬을 탈 줄 알아야 한다.

인생에서 친구가
필요한 이유

　　　　　　　　지난해 한 방송을 촬영할
때의 일이다. 인터뷰를 하다가 작가님이 학교 다닐 때 친구 중
에 고마운 사람이 있느냐고 물었다. 하나씩 손가락을 꼽아 보
는데 도저히 다 헤아릴 수가 없었다. 예전 생각이 떠올라서 또
울고 말았다. 옆에서 휴지를 건네주었다. 한참 울다 진정이 되
어 인터뷰를 계속했다. 사실 카메라를 의식하지 못했다. 그게
방송에 그냥 나갈 거라고는 생각도 못 했다. 집에서 가족들과
방송을 보다 살짝 당황했다. 그 뒤로 또 울기 시작해서 방송을

제대로 못 봤다. 그때 그 친구들이 없었다면 내가 지금 이러고 살 수 있을까? 나는 자신이 없다. 그때는 그만큼 힘들었고 친구들에게 많이 의지했다. 수업 도우미 친구들, 같이 밥 먹던 친구들, 같이 술 마시던 친구들, 같이 공부하던 친구들 모두 나를 지탱해 준 고마운 이들이다.

복학을 결정하고 수업을 들으려니 누군가의 도움이 필요했다. 다행히 학교 장애학생지원센터에서는 장애 학생이 필기 자료를 전달받거나 같이 밥을 먹으러 가 주는 등의 도움을 받을 수 있도록 도우미를 매칭해 준다. 보통은 학부생들인데 학부생이 로스쿨 수업을 들으면서 제대로 필기를 해 주기는 쉽지 않다. 그래서 수업을 같이 듣는 로스쿨 친구들이 도우미로 나섰다. 기태가 무슨 감언이설로 꼬셨는지 모르지만 3기 남영이와 4기 자하, 혜영이, 선유가 수업을 도와주기로 했다.

복학한 첫 학기만 해도 나는 민폐 그 자체였다. 재활이 안 되었는데 복학을 했으니 혼자 할 수 있는 게 별로 없었다. 자연스럽게 옆에 있는 친구들에게 도움을 받았다. 친구들은 나를 강의실로 데려와서 수업을 같이 들으며 필요한 것을 옆에서 설명해 주고, 노트북으로 필기를 해서 파일을 전달해 주었으며, 강의가 끝나면 다시 독서실로 데려다줬다. 자기 공부하기도 바쁜데 나까지 챙기기가 쉽지 않았을 것이다. 지금도 잘하는 건 아니지만 나는 그때만 해도 대인 관계가 서툴렀다. 고맙다는 생각은 하면서도 제대로 표현하지 못했다. 지나고 보니 매우 미안했다.

혜영이는 새벽까지 필기를 정리하다 한 학기만에 지쳐 도우미를 그만두었다. 적당히 해서 줘도 되는데 책임감만큼 부담도 컸던 것 같았다. 다음 학기에는 수업도 하나 늘어서 현영이가 구원투수로 등판했다. 자하는 나를 무척이나 헌신적으로 도와주었는데 내 무심한 성격 탓에 두 학기 만에 도우미를 그만두었다. 많이 고맙고 많이 미안했다. 다행히 자하는 졸업하는 날 화를 풀었다. 지금은 내가 그녀의 최측근이다.

3학년이 되어서도 현영이, 남영이, 선유가 도우미를 계속해 주었다. 내가 듣는 강의 중에 기존 도우미 친구들이 안 듣는 강의가 있어 게시판에 올렸더니 신해가 도우미를 자청했다. 친하게 지내던 멤버들이 졸업해 버려 도우미 친구들이랑 수업 끝나고 밥도 먹었다. 덕분에 굶을 걱정을 덜었다. 마지막 학기에는 3학년이 아무도 안 듣는 사실인정론 강의가 있어 5기 재경이가 도우미를 해 주었다. 재경이는 휴학을 하고서도 도우미를 계속해 주겠다고 일부러 학교에 나왔다. 그런 따뜻한 마음 씀 씀이가 마냥 고마웠다. 수업 도우미 친구들이 없었다면 공부하는 것이 더 힘들고 외로웠을 것이다.

　가끔 사는 것이 비참하게 느껴질 때가 있다. 나는 배가 고플 때 그랬다. 다 먹고 살자고 공부하는 것인데 밥 굶은 날은 매우 우울했다. 나는 복학하고 나서 몇 차례 밥을 굶은 적이 있다. 밥 같이 먹을 사람 찾아보다 때를 놓치면 굶고 버티다 집에 일찍 가거나 에너지바 두어 개로 한 끼를 때웠다. 그럴 일이 많지 않아서 다행이었다. 굶은 이유는 단순했다. 재활이 안 되어 있던 시절 혼자서는 밥을 먹으러 갈 수가 없었다. 다행히도 나는 매일 밥을 같이 먹는 친구들이 있었다.

　이들과의 인연은 로스쿨에 입학하고 바로 시작되었다. 날마다 식사 약속을 잡는 건 너무나 힘든 일이다. 1학년 개강 첫날 나는 같은 반인 경준이 형의 레이더에 포착되었다. 내가 나이도 좀 있고 점심 약속 없을 것 같은 오오라를 강렬히 내뿜고 있었다고 한다.

　"같이 밥 먹을래요?"

　내가 동기 정현이를 데려오고 경준이 형이 태상이를 데려

와서 넷이 밥을 먹었다. 약속 잡기가 귀찮은 30대 남자 넷은 다른 약속이 없으면 항상 같은 곳 같은 시간에 모여 밥을 먹기로 의기투합했다.

　남자 넷이 밥만 먹는데 모임 이름이 생길 리 없다. 얼마 지나지 않아 경은이, 남영이, 예림이까지 고정 멤버가 일곱 명으로 늘었다. 모임 이름은 '그그다'. 이 이름은 예림이가 붙였는데 같은 반인 지원이는 그그다가 '그놈이 그놈이다'의 약자가 아니냐며 물었다. 하긴 남자 넷은 나이도 비슷하고 어쩌다 보니 나를 빼고 셋은 모두 회계사를 하다 왔다.

　혼자 밥 먹는 사태를 방지하기 위한 사회적 안전망으로서 일곱 명은 상당히 괜찮다. 누군가 약속이 있어도 둘 정도는 남는다. 가끔 게스트들이 밥을 먹으러 나타나기도 해서 다양성도 확보할 수 있다. 나는 그들과 3년 내내 밥을 같이 먹었다. 내가 복학했을 때 내가 가장 의지한 사람들도 그들이었다. 밥을 먹여 줘야 하는 것까지는 아닌데 팔 잡고 같이 가서 음식도 받아 오고 반찬 위치 알려 주고, 퇴식구에 반납하는 것도 꽤나 번거로운 일이다. 늘 배려를 아끼지 않은 친구들이 새삼 고맙다.

　사람이 밥만 먹고 살 수는 없다. 우리는 2011년의 어느 여름밤 우연처럼 친해졌다. 페이스북에서 누군가가 김치찌개를 먹자고 했고 평소 말도 잘 안 섞던 사람들이 찌개집에 모였다. 술의 힘은 위대해서 오가는 술잔 속에 우정이 싹텄다. 우리는 학부 1학년처럼 학교 잔디밭에서 술 마시며 노래를 불렀고, 공부하다가 한밤중 서울 시내 야간 행군을 하기도 했다. 신촌에서 서울역까지 갔다가 남산 팔각정을 찍고 이태원으로 내려와 한강을 건넜다. 새벽이 되면 젖과 꿀이 흐르는 여의도를 지났다. 양화대교를 건너 홍대를 거쳐 신촌으로 돌아와 맥모닝을 먹고 헤어졌다. 주말이면 북한산 둘레길을 걷고 막걸리를 마셨다. 방학은 짧았지만 대학 생활이라는 게 이런 건가 싶게 즐거웠다.

술을 먹다가 선우가 기태 옷에 붙은 다시서기센터 이름을 보고 "우리도 이제 술 그만 먹고 좀 다시 서자"라고 해서 우리는 '다시서기'가 되었다. 나는 예나 지금이나 술을 잘 먹는 편이 아닌데 어쩌다 주당으로 유명한 멤버들이랑 놀다 보니 도매로 팔려갔다. 사고가 나고 눈이 보이지 않게 되었지만 이들은 여전히 내 술친구였다. 좋은 일이 있을 때나 힘든 일이 있을 때나 함께해 주는 사람들이 있어 참 좋다.

3학년이 되자 3기 친구들은 대부분 졸업을 했다. 비빌 언덕이 무너져 내렸다. 변호사시험이 끝난 1월의 어느 날 텅 빈 독서실에서 홀로 공부를 하고 있는데 쓸쓸함이 몰려왔다. 당장 같이 밥 먹을 사람도 없어서 도시락을 주문해서 혼자 휴게실에서 먹었다. 이런저런 이유로 졸업하지 않은 3기 친구들이 좀 있었지만 친하게 지내던 사람은 몇 안 되었다. 외로운 한 해가 될 것이라는 예감이 들었다.

그렇지만 새로운 인연은 생기기 마련이다. 3학년이 되면서 답안 작성을 위해 노트북을 자주 사용하게 되었다. 독서실에서 타이핑을 하고 있으면 다른 사람들에게 방해가 될 것 같아서 학생회에 멀티미디어실 지정석을 요구했다. 그때 전산실 관리 조교로 있던 기담이가 조교실 한쪽 구석에 책상을 놓게 해 주었다. 1년 내내 나는 그 방에서 공부했다. 기담이 친구들이 조교실에 놀러 오곤 했는데 금방 친해져서 자주 밥을 먹었다. 그 중 상당수는 아침 잠이 많아 학교에 잘 못 나오곤 했는데 누군가 출첵 스터디를 제안했다. 지각한 시간에 따라 벌금을 걸어 그걸로 맛있는 것을 먹자는 것이다. 출첵 장소는 조교실. 멤버의 면면을 확인한 기태는 "이건 그냥 김동현 밥 사주는 모임 아니냐" 하였다. 사실이지만 나는 자는 애들 열심히 깨워 줬다고 자부한다.

그 친구들이 친한 친구들과도 같이 밥을 먹다가 친해졌다. 이 친구들 덕분에 그 힘든 로스쿨 3학년을 버텨 낼 수 있었다. 우리는 아직도 '아구아구'라는 이름으로 두 달에 한 번씩 맛집을 찾는다. 코로나가 빨리 끝나기만 기다릴 뿐이다.

세상에서 제일 가는 복이 사람 복이라는데 정말 과분한 복을 받았다. 내 존재도 그들에게 복이었으면 한다. 민폐 끼치기를 세상 무엇보다 싫어하던 나였지만 이 시간을 통해 사람은 혼자서는 살아가기 힘들다는 것을 배웠다. 우리는 누군가에게 조금씩 기대고 살아간다. 그래서 사람 人 이다.

뒤처질까 봐
실패할까 봐 두렵다면

　　　　　　　과학고에 공대를 나온 나는 어쩌다 판사가 되었을까? 인터뷰를 하면 사람들이 가장 궁금해하는 것 중 하나가 카이스트를 졸업하고 왜 로스쿨에 갔는지이다. 분명 흔히 택하는 진로는 아니다. 여기에는 내 잃어버린 10년이 녹아 있다.

　카이스트에 로스쿨까지 졸업하고 변호사를 거쳐 판사까지 하고 있으니 공부에 진심인 사람이었다고 생각하기 쉽겠지만, 그건 절반만 맞는 이야기다.

내 학부 성적은 화려하다. 교수가 부여할 수 있는 수많은 학점 중에 6년간(카이스트는 보통 4년이면 학부를 졸업한다) 카이스트를 다니면서 단 하나 못 받아 본 것이 A+다. 대신 보통 볼 수 없는 문자들이 여기저기를 수놓고 있다. R(재수강)은 수도 없이 많고 그럼에도 D0가 떡하니 성적표 한 자리를 차지하고 있다. 다시 오라고 F 대신 D0을 주신 것 같은데 꿋꿋하게 버텼다. C-는 물론이고 성적표에서 지워졌지만 D+, D-, F까지 골고루 다 받아봤다. 특수문자로 W도 있고, NP도 있는데 불성실한 학생의 상징으로서 교수들이 지독히 싫어한다는 후문이 있다. W는 수강 철회이다. 수강 변경 기간이 지나서 수업을 안 듣겠다고 하면 W를 준다. NP는 Non-pass의 약자이다. 시험 없이 출석해서 패스만 하면 되는 과목을 패스하지 못하면 NP를 준다. 수업을 두 번 갔으니 할 말 없다. 80킬로그램이 넘게 나가던 시절 스트레칭 운동은 정말 죽도록 힘들었다. 학사 경고를 두 번 맞고 학교에서 짤릴 뻔했다 (쓰리고면 제적이다).

그런데 저런 결과에는 원인이 있는 법이다. 그때는 사실 모든 것이 힘들었다. 영어 원서를 보는 것이 쉽지 않았고, 2학년 1학기에는 전자과 전산과 복수 전공을 하겠답시고 무리하게 수업을 듣다가 나가떨어졌다. 전산과는 매주 나오는 과제와 가끔 나오는 프로젝트를 하느라 밤을 새우고, 전자과는 3학점을 빙자한 3일짜리 전자공학실험 때문에 예비 보고서 쓰느라 하루, 실험하느라 하루, 결과 보고서 쓰느라 하루 밤을 새운다. 선배가 수강 변경 기간에 내 시간표를 보고는 "너 드랍 안 하면 죽는다"라고 했을 때 그만뒀어야 했다. 당연하게도 오래지 않아 한계에 도달했고 중간고사 기간에 교통사고까지 났다. 그때 휴학을 했어야 하는데 그때만 해도 쓸데없이 성실했던 나는 미련하게도 아픈데 밤을 새우며 버텼다. 나는 철인이 아니었다. 결과는 뻔하게도 번아웃.

수업 시간에 교수님이 교실 앞으로 불러내 실험 내용을 설명해 보라고 한 일이 있다. 잘 모르기도 했거니와 잠을 제대로 못 자서 생각이 나지 않았다. 교수님은 다그치기 시작했고 머릿속은 백지장이 되었다.

"실험을 하긴 한 거야?"

"네."

"실험을 했는데 왜 몰라?"

"기억이 안 납니다."

"이번 주에 한 건데 기억을 못 한다고? 너 바보냐?"

"아닙니다."

"너 같은 바보는 수업 들을 자격이 없다. 나가."

가방을 챙겨 강의실을 나왔다. 나중에 듣자 하니 내가 나가고 교수님이 화가 머리끝까지 나서 F를 주겠다고 하셨다 한다. 불행인지 다행인지 F를 주시진 않았다. F 없이 1점 대 학점을 받고 장렬하게 산화했다.

이렇게 살아야 하나 가슴이 답답했다. 다음 학기 첫 실험을 하다가 집에 전화했다.

"전과할게요."

황당해하는 실험 메이트를 버려 두고 실험실을 나섰다. 후련했다. 기숙사로 돌아가는 발걸음이 날아갈 것 같았다.

2학년 여름방학 때 같이 〈디아블로2〉를 하던 친구들을 따라 재료과(지금 신소재공학과)로 전과했다. 사람 수가 적어 학점을 잘 준다는 말에 넘어갔다. 사실 그냥 도피였다. 몸도 미음도 지쳐 있었다. 공부가 하기 싫었다. 당연하게도 성적표 제일 아래 칸은 내 차지였다. 당시만 해도 교수실 앞에 전체 성적이 붙어 있었다. 학번은 가나다순이라 열 명 남짓 듣는 수업에서 학번은 실명이었다. "교수님들, 진짜 너무한 거 아닙니까?!"

나는 방황했고 삶의 의욕을 잃었다. 아프지 않고 곱게 가고 싶었는데 뭐 하나 맘에 드는 방법은 없었다. 실행력 부족과 결정 장애가 내 목숨을 연장시켰다.

자살 충동에서 나를 구한 건 아이러니하게도 게임이었다. 현실 세계의 루저가 게임에서는 위너였다. 플레이어는 비루하지만 캐릭터는 잘나갔다. 게임을 하면서 나는 무너져 내린 자존감을 회복할 수 있었다. 게임이라도 안 했으면 아마도 카이스트 자살자 명단에 한 줄 더 올라갔을지 모른다. 나는 성공적인 사이버 라이프를 통해 구원받았다.

인간은 이중적이다. 그렇게 사이버 세상에 살면서도 현실에서의 성공을 놓을 수 없었다. 노력은 안 하면서 바라는 것만 많았다. 안일하기까지 했다. 당시 우리 과 교수님이 스무 명이 넘었는데 우리 학번 동기는 열세 명이었다. 설마 자대 학부생을 떨어뜨리겠냐는 생각에 대학원 원서를 썼다. 결과는 처참했다. 지도교수님이 날 방으로 불렀다.

"동현아, 3.0은 되어야 하지 않겠니?"

성적표를 뽑았다. 아무리 봐도 견적이 나오지 않았다. 재수강만 하면서 학교를 2년은 더 다녀야 할 것 같았다. 고민이 시작됐다. 일단은 도저히 못 봐 줄 거 같은 성적부터 지우기로 했다. 그나마 자비로우신 신소재공학과 교수님들은 C를 줘도 C0, C+였다. 졸지에 다시 전산과, 전자과 학생이 되었다.

예전에 안 되던 게 지금이라고 잘될 리는 없다. A를 받는 건 역시 어려웠다. B+ 정도로는 학점 세탁에 별 도움이 되지 않았다. 다시 진로 고민이 시작됐다.

내가 대학원에 떨어졌을 당시 카이스트에는 의치전 광풍이 몰아치고 있었다. 성적 상위권들도 MEET(의학전문대학원 입학시험), DEET(치의학전문대학원 입학시험)준비를 하느라 난리였다. 그러나 내 학점을 생각해 보니 그쪽은 아무래도 아닌 것 같았다. 빠르게 접었다.

학점과 무관하게 인생 역전 한 방을 노릴 수 있는 것은 각종 고시가 있다. 배운 게 도둑질이라고 행정고시 전기직을 준비하기로 했다. 당시 카이스트 내부의 이슈 중 하나는 전직 금지 약정과 부정경쟁방지법의 영업 비밀 보호였다. 연구원들이 전직을 할 때 기술 유출 우려로 인해 전직을 금지할 수 있는지의 문제이다. 당연하게도 전직 금지는 직업의 자유를 침해한다. 선배들은 기술자를 잠재적 범죄자로 바라보는 이런 제도를 극렬히 반대했다. 예나 지금이나 글 쓰는 건 싫어하면서 게시

판 죽돌이인 나는 이런 분위기에서 내가 연구하는 건 못 할 것 같으니 연구자를 뒷받침하는 행정가가 되고자 했다. 좋은 과학기술 정책을 만들어서 연구자들이 열심히 마음 편히 연구할 수 있는 환경을 만들어 보자고. 이렇게 나는 과학자의 꿈을 접고 고시 공부를 하는 명분과 실리를 챙겼다.

사실 나는 그때 법 공부에 대한 막연한 두려움이 있었다. 법전을 다 외워야 되는 줄 알았다. 지금 알았던 걸 그때도 알았더라면 그때 사법시험을 보았을 것이다. 선배가 2~3년만 바짝 하면 합격할 수 있다고 했다. 경쟁률이 같더라도 열 명도 안 뽑는 시험이 허수가 없어서 천 명을 뽑는 시험보다 더 어렵다고 했다. 그렇지만 엄두가 안 났다. 그렇게 멀고 먼 길을 돌아왔다.

나는 행정고시 1차 PSAT만 다섯 번을 붙었다. 판사를 하고 있는 걸 보면 당연하게도 2차는 모두 떨어졌다. 두 번은 시험을 보러 갔고 세 번은 군대에 있을 때라 시험을 보러 가지 못했다. 장교 임관 첫해는 공부도 제대로 못 했고 특기 교육 중이라 휴가를 쓸 수 없었다. 그 뒤에는 시험 날짜와 을지훈련이 겹쳤다. 사실 그건 핑계고 자신이 없었다. 자신이 있었으면 내가 군대에 말뚝 박을 것도 아닌데 어떻게든 휴가를 썼을 것이다.

그렇게 행정가의 꿈이 멀어져 가고 있었다.

전역이 가까워졌다. 군 선배 추천으로 IT 관련 대기업에 지원하기도 했다. 전공은 아니지만 고등학교 때는 부산 대표로 전국 정보올림피아드에서 입상한 적도 있고 해서 프로그래밍에는 자신이 있었다. 지방 이전이 예정되어 있어 꼭 가고 싶은 것은 아니었지만 어디든 가야 할 것 같았다. 면접에서 인적성 평가를 어떻게 준비해서 이렇게 잘 봤냐는 이야기를 들었다. 그런데 쓸데없이 솔직했다. 나중에 선배한테 듣자 하니 뽑아도 곧 그만둘 거 같아서 안 뽑았다고 한다. 그렇게 전역과 동시에 백수가 될 날이 다가오고 있었다.

다시 진로 고민을 시작했다. 이번에는 좀 더 진지했다. 내가 잘할 수 있는 것, 내가 하고 싶은 것, 나의 개인적 성향 모두를 고려했다. 옵션은 많았지만 현실적으로 2년 이상 준비해야 하는 것이 마음에 걸렸다. 대부분의 옵션이 날아갔다. 행시 전기직과 새로 등장한 로스쿨이 남았다.

사실 로스쿨에 가더라도 직업으로서의 변호사를 희망한 것은 아니었다. 장교로 3년간 군 복무를 하면서 내가 알게 된 것은 국가는 법령과 예산으로 굴러간다는 것이다. 정책을 수립하려면 법과 경제를 알아야 했다. 로스쿨은 법 공부를 하기에 좋은 수단이었다. PSAT를 다섯 번이나 본 덕에 리트 준비는 어려울 것이 없었다. 학점과 영어가 문제이긴 하지만 학교는 어디든 가기만 하면 되니까 해 볼 만하다고 판단했다. 그리고 결정적인 한 가지. 로스쿨은 교육기관이다. 소속감은 나에게 중요한 문제였다. 다년간의 고시 공부 끝에 알게 된 것은 나는 스스로 잘하는 인간이 아니라 누군가와 같이 공부하며 수시로 테스트를 받고 쪼임을 당해야 하는 인간이었던 것이다.

6월말에 전역하고 영어 공부를 시작했다. 다행히 취업 준비를 하면서 토익 800점은 만들어 두었지만 그걸로는 많이 부족해서 책을 사고 동영상 강의를 끊었다. 강사가 시키는 대로 듣고 받아쓰기를 하고 단어장을 닳도록 외웠다. 우리나라 영어 사교육의 힘은 위대하다. 회화는 한 마디 못 해도 시험 점수는 오른다. 9월 마지막 시험에 965점을 받았다.

상대적으로 리트 준비는 수월했다. 기출문제와 문제집 몇 권을 풀어 본 것이 다였다. 대신 영어 공부를 하기 싫을 때는 도서관에 가서 책을 읽었다. 리트에는 다양한 분야의 지문이 등장하기 때문에 영어에서 도피하는 좋은 핑곗거리가 되었다. 나는 내가 약하다고 생각하던 인문사회 도서를 주로 읽었다.

읽다 보니 잘 모르는 분야에 대한 막연한 두려움이 사라졌다. 재미가 없을 뿐 글은 글이고 리트 문제는 지문에 답이 있기 때문에 두려움을 떨친 것만으로도 큰 소득이었다.

복병은 논술이었다. 공대생은 논술과는 거리가 먼 삶을 살아왔다. 하루아침에 글 쓰는 것이 잘될 리가 없다. 동영상 강의 중에 짧은 걸 하나 골랐다. 역시 사교육은 단시간에 어떤 수준에 도달하게 하는 것에는 굉장한 효율을 발휘한다. 내용이야 어쩔 수 없지만 최소한 틀을 갖추는 데는 도움이 된다. 필수 요소를 적절한 위치에 배열하고 적당히 살을 붙이기만 해도 욕을 먹지 않을 정도의 산출물을 만들 수 있다는 것을 알게 되었다. 그 정도만 해도 중간은 갈 수 있으니 충분했다. 이제 결전의 그날만이 남았다.

시험 날 아침이 밝았다. 차를 몰고 시험장으로 가는데 그날따라 차가 없었다. 내 앞길도 이 길처럼 이제 좀 트였으면 했다.

진짜 앞길이 트이려는지 리트는 대박이 났다. 채점하고 흥분에 몸을 떨었다. 학점을 덜 보고 리트를 많이 본다는 모 로스쿨 상향 지원으로 연세대학교 로스쿨을 넣었다. 학점을 많이 본다고 소문났던 연세대학교는 내 형편없는 학점을 보고도 면접을 보러 오라고 했다. 면접에 가서는 엉뚱한 답을 하다가 면접관이 질문을 하시길래 내가 문제를 잘못 읽은 걸 알았다. 잘못 봤다고 이야기하고 즉석에서 수정된 답을 내놓았다. 내심 망했다고 생각하고 다른 데 가면 되지 하고 있는데 정작 발표가 나고 보니 원래 목표로 삼았던 로스쿨은 떨어지고 연세대학교는 최초 합격이었다. 뭘 보고 뽑으신지 모르겠지만 결과적으로는 잘 뽑으신 것 같다.

로스쿨에 입학하고 보니 또 다른 진로가 있었다. 대형 로펌 변호사는 많이 번다. 로스쿨 가기 전까지는 몰랐다. 얼마나 받는지 듣고 나서 변호사를 좀 해서 전셋집이라도 하나 얻어 두고 공직으로 갈 생각을 했다. 마침 대형 로펌 인턴을 가 보니 IT팀도 있고 정책 자문을 많이 하신다는 변호사님도 계셨다. 대형 로펌 변호사의 길도 괜찮아 보였다. 이럴 때 나는 팔랑귀다. 한길을 보고 정진해 온 사람이라고 생각하셨다면 큰 오산이다. 이런 이야기를 쭉 다 하면 한참을 해도 모자란다. 지면에 쓸 수도 없다. 그래서 한 줄 요약이다. IT전문 변호사를 꿈꾸며.

그러다가 지금은 판사를 하고 있다. 어릴 때부터 외할머니가 판사 노래를 부르셨는데 들은 척도 안 하다가 돌아가시고 나서야 판사가 되었다. 그러기까지 수많은 실패를 거쳐 왔다. 하는 일마다 잘 되지 않을 때도 있었고 나 혼자 뒤처지는 것 같아 불안했다. 사람들 만나기도 싫고 세상과 이별하고 싶은 생각도 들었다. 그래도 어찌어찌 버티다 보니 쥐구멍에 볕들 날이 왔다. 목적지도 여러 번 바뀌고 먼 길을 빙빙 돌아왔지만 느려도 좋으니 포기하지 않고 걷다 보면 언젠가는 원하는 곳에 다다를 수 있다. 내 지나간 시간을 돌이켜보면 이 말도 진리다.

4부

판사가 되어 간다는 것이란

우당탕탕
첫걸음

나는 로스쿨 공부를 마치고 2015년 제4회 변호사시험에 합격했다. 그리고 그해 4월 20일, 서울고등법원 재판연구원으로 법조인으로서의 첫발을 내디뎠다. 이제는 학생이 아니라 직장인이다. 정장을 차려입고 몸에 산뜩 힘이 들어간 상태로 집을 나섰다. 마침 장애인의 날이었던 데다 사전에 보도 자료가 나가서 관심을 꽤 많이 받았다. 신문 인터뷰는 물론이고 생전 처음 라디오 생방송 인터뷰도 했다. TV 프로그램 출연 요청도 있었지만 부담스러워서 거절했다. 내가 뭐 대단한 것을 한 것도 아니고 그냥 시험 잘 봐서 취업에 성공한 것뿐이다. 임명장을 받고 인사를 돌고 시설과 장비를 확인하다 보니 하루가 어떻게 지나는지도 모르게 흘러갔다. 이제부터 실제 사건을 다루는 일을 한다고 생각하니 걱정 반 기대 반이었다.

재판연구원은 재판장의 명을 받아 사건을 심리하고 재판에 관한 조사와 연구를 진행하는 등의 업무를 한다. 로스쿨 1기가 졸업한 2012년부터 매년 100명 정도를 채용하고 있다. 재판연구원 제도는 판사 임용에 법조 경력을 요구하는 법조일원화와 함께 도입되었다. 법원의 순혈주의를 타파하라고 만들어 놨더니 판사를 지망하는 새내기들을 법원에서 미리 뽑아 가는 것 아니냐는 비판도 있었고, 초반에는 어떻게 활용할 것인지를 두고 우왕좌왕하기도 했지만 이제는 꽤나 정착되었다.

재판연구원은 주로 기록을 읽고 사실관계를 정리하거나, 법리와 관련 사건을 살펴 검토보고서나 의견서를 쓰는 일을 한다. 사실 판사가 하는 일의 일부로 볼 수 있다. 잘 활용하면 판사의 업무 부담을 경감하는 데 상당한 도움이 된다. 재판연구원으로서는 판사가 하는 일을 미리 경험할 수 있는 기회다. 그래서 판사를 꿈꾸는 사람들은 로스쿨이나 연수원을 수료하면서 재판연구원에 지원하는 경우가 많다. 경쟁이 꽤나 치열하다.

재판연구원의 가장 큰 장점이라면 단시간에 업무 역량을 키울 수 있다는 점이다. 재판연구원은 주로 고등법원에 배치되는데, 고등법원은 1심 합의부에서 올라온 사건의 항소심을 담당해 사회적으로 주목도가 높거나 사건이 복잡한 민·형사 사건을 많이 경험할 수 있다. 실력 있는 법조인이 되려면 공부를 얼마나 많이 했느냐도 중요하지만 어떤 사건을 경험했는지가 훨씬 중요하다. 결국 책이 아니라 사건을 마주해 기록을 읽고 자료를 찾고 결론에 대한 고민을 하는 가운데 실력이 는다. 오랜 시간 재판을 해 오신 부장님들께서 직접 전달해 주시는 것도 많고 어깨너머로도 많이 배운다. 혹여나 실수하더라도 부장님들이 계시니 판단하는 것에 대한 심리적 부담도 적다.

나는 매주 두세 건의 기록을 검토해 신건 메모를 만들고, 한 건 정도 검토보고서 또는 판결문 형태의 의견서를 썼다. 처음에는 그야말로 우당탕탕이었다. 처음 보고한 메모는 편집 상태가 엉망이었다. 표가 필요해서 그랬는데 어쩌다 보니 표 두 개가 겹쳐져 있었다. 전담 속기사님과 같이 부장님께 불려가서 대책을 논의한 결과 일단 작성을 마치면 속기사님께 편집을 한 번 부탁드린 다음 보고하기로 했다. 판례를 잘못 해석했다가 혼나기도 하고 기록 중 파일 하나를 빠뜨리고 읽어서 깨지기도 했다. 깐깐한 부장님을 만나면 대충 넘어가는 법이 없다. 실수를 줄이는 것은 물론이고 합의할 때 부족한 부분들을 지적받지 않으려면 건강을 해치지 않는 한 열심히 해야 했다.

나는 민사부에 배치되었다. 기억에 남는 사건 중 하나는 생명보험 약관에 포함된 자살면책 조항에 관한 사건이었다. 보험 가입 후 2년이 지나 자살한 경우에 보험회사가 면책되지 않고 사망보험금을 지급해야 하는지에 관한 문제였다. 대부분의 보험회사는 약관에 문제가 된 조항을 포함하고 있어, 판결 결과에 따라 조 단위 규모의 영향을 받을 수도 있었다. 내가 검토한 사건뿐만 아니라 유사한 사건들이 여기저기서 진행되고 있었지만 이에 대한 명시적인 대법원 판례는 없었다. 쌍방은 얼핏 보면 상반되는 대법원 판례를 원용하며 다퉜다. 나는 부장님께 두 판례가 서로 모순되지 않고, 이 사건의 약관이 두 판례와 약간 달라 사안이 두 판례에 포섭되지 않으며, 약관 해석상 보험회사가 면책되지 않는다는 검토 의견을 드렸다. 그 사건에 대한 판결이 선고되기 전 대법원에서 같은 쟁점에 대한 판결이 선고되었는데 내가 드린 의견과 비슷해서 혼자 뿌듯해하기도 했다.

2년 차에는 가사부로 옮겼다. 유책주의의 예외에 관한 이혼 사건도 기억이 난다. 우리나라는 기본적으로 유책배우자의 이혼 청구를 받아 주지 않는다. 2015년 대법원 전원합의체에서 유책주의의 예외에 대한 판결이 선고되었다. 부장님께서 유책배우자가 이혼을 청구했지만 실질적으로 혼인이 파탄된 사건을 주시면서 위 전원합의체 판결을 검토하고 적용될 만한 사실관계를 자세하게 써 보라고 주문하셨다. 선행 이혼소송 기각 이후 혼인의 실체가 완전히 해소되고, 별거 이후 피고 역시 회복 노력이 없었으며 재산을 대부분 피고가 보유하면서 자녀들도 장성해 축출이혼의 염려가 없다는 사정을 보고드렸다. 유책주의의 예외를 인정한 또 하나의 사건으로, 부부 간의 사회적·경제적 격차가 줄어들수록 이런 사건은 더 많아질 것이다.

법조인은 이렇게 사건을 통해 배운다. 변호사는 사건을 주는 의뢰인이 있어야 하기에, 무게감 있는 사건을 담당하고 싶다고 해도 마음대로 맡을 수가 없다. 고등법원이야 그런 사건들이 끊임없이 밀어닥치는 곳이니 이렇게 좋은 트레이닝 환경이 없다. 재판부에 따라서는 업무량이 상상을 초월하는 경우도 있지만 그만큼 훌쩍 성장해 있다. 나는 기록을 만드는 데 시간이 오래 걸려서 다른 재판연구원들만큼 사건을 많이 접하지는 못했지만 어딜 가더라도 사건의 양과 질 측면에서 이 정도의 사건을 접하기는 쉽지 않았을 것이다.

재판연구원 일은 힘들었지만 부장님들께 많이 배려를 받았다. 업무에서만은 아니었다. 1년 차 때 재판장님이셨던 최규홍 원장님께서는 체육대회 때 등산을 가게 되자 내가 같이 갈 수 있는지 주말에 미리 답사를 다녀오셨다. 2년 차 때 재판장님이셨던 민유숙 대법관님께서는 이블린 글레니 내한 공연에 초대해 주셨다. 이블린 글레니는 영국 출신의 세계적인 타악기 연주자인데 청각장애가 있어 리듬을 맨발로 느끼면서 연주한다. 나에게 힘을 주시려고 일부러 초대하신 마음에 감동했다.

같은 방을 썼던 속기사님과 재판연구원들과도 정이 많이 들었다. 재판연구원실이 따로 있어서 일하면서 궁금한 것을 서로 물어보기도 하고, 간식을 먹으며 수다를 떨기도 했다. 그러면서 전우애가 싹텄다. 보통은 연차가 다른 연구원들과 섞이게 되는데 어쩌다 보니 2년 차 때 같은 층을 썼던 재판연구원들과는 모두 동기여서 아직도 모임을 하고 있다. 모두 소중한 인연이다.

　재판연구원으로 근무한 약 2년간의 경험은 나에게 성장 기회가 되었다. 법조인으로서 가져야 할 균형 감각과 항상 내가 틀릴 수 있다는 신중하고 겸손한 자세, 기록 너머에 있는 진실을 찾기 위해 고민하는 열정 등 많은 것을 배우고 느낀 소중한 시간이었다. 송별 만찬에서 마이크를 잡을 기회가 있었다.

　"여기서 배운 것들을 잊지 않겠습니다. 나가서도 많이 발전해서 다시 돌아올 수 있으면 좋겠습니다."

　연어가 자기가 태어난 강으로 돌아오듯이 나는 법원으로 다시 돌아올 것을 다짐했다. I will be back.

공익 변호사의
길

재판연구원의 단점 중 하나
는 임기제라는 것이다. 지금은 3년이고 내가 근무할 때는 2년
이었다. 법원에서 혹독하게 훈련받은 만큼 취업은 잘되는 편이
지만 결국 여기도 사람마다 다르다. 몇몇은 퇴직하는 날까지
원하는 곳에 취업을 못 하기도 한다. 마음을 졸이지 않을 수 없
다. 비정규직은 어딜 가나 서럽다.

시각장애인 변호사는 취업하기가 쉽지 않다. 일부러 뽑으
려는 곳은 당연히 없거니와 면접 기회조차 쉽게 주어지지 않

는다. 가능성 있는 몇몇 곳이 있지만 항상 뽑는 것은 아니어서 타이밍이 맞아야 한다. 변호사는 기업공채처럼 많은 수를 한꺼 번에 채용하는 경우가 별로 없고 성적을 보고 채용하기보다는 외국어, 자격증, 전공 등 성적 외의 것도 중요하게 본다. 사법 시험을 통해 자격을 얻은 기존의 법조인들에게서 수요에 비해 공급이 부족한 부분이기 때문이다. 특히 경력직이라면 더욱 그 렇다. 그런데 눈이 안 보이니 재판연구원에 공대를 나오고 성 적이 좋아도 별 소용이 없었다.

기회가 없는 것은 아니었다. 2016년에 헌법재판소에서 헌 법연구관보 면접을 보게 되었다. 그런데 나는 준비가 되어 있 지 않았다. 헌법은 정말 뜬구름 잡는 이야기 같아서 로스쿨 에 다니던 시절 내겐 헌법이 제일 취약 과목이었다. 헌법재판 소 같은 곳은 생각도 안 했는데 여기저기 원서를 내다 보니 덜 컥 서류에 합격한 것이다. 변호사시험이 끝나고 나서는 헌법이 라고는 본 적도 없었던 터라 부랴부랴 헌법 책을 구해다가 퇴 근 후에 공부를 시작했다. 공부를 한다고 했는데 단시간에 가 능한 일이 아니었다. 오전 토론 면접에서는 무슨 말을 했는지 잘 기억도 나지 않았고, 오후 개별 면접에서는 면접관으로 오신 헌법재판관 세 분 앞에서 기본도 안 된 이야기만 하다 나왔다. 헌법재판에 쓰이는 기본적인 틀은 침해되는 기본권은 무엇인지, 평등권이라면 자의금지원칙을 적용할 것인지 비례의 원칙을 적용할 것인지, 비례의 원칙을 적용한다면 목적의 정당성, 수단의 적합성, 침해의 최소성, 법익의 균형성은 어떤지 차례대로 판단하는 것이다. 끝나고 나오니 그제서야 그건 이렇게 이야기했어야 했는데 싶은 생각이 들면서 탈락을 직감했다. 며칠 동안은 자다가도 생각이 나서 이불킥을 했다. 결과는 역시 탈락. 그해에는 헌법연구관보를 역대급으로 많이 선발할 예정이었는데 나중에 보니 자리를 다 채우지도 못했다. 당연하게도 준비가 안 되면 기회를 놓친다.

그 뒤에도 로펌에는 별로 가고 싶지 않았고 나를 뽑을 거라는 생각도 들지 않아 공공기관이나 로펌 산하 공익법인을 위주로 여기저기 원서를 냈는데 줄줄이 서류 탈락의 고배를 마셨다. 동기 재판연구원들은 속속 취업해 가는 와중에 퇴직할 때까지 남은 백수는 몇 되지 않았다. 실업급여라도 받으려고 절차를 알아보았다. 그러면서 천천히 일자리를 구해 볼 요량이었다. 최영 판사님께 전화해서 진로 상담을 했더니 "무조건 공익!"이라고 했고, 장애인법연구회에서 만난 김재왕 변호사님은 "나도 취업이 안 되어서 그냥 하나 차렸어"라고 답했다. 나도 정 갈 데 없으면 그냥 집에다가 개업할 생각을 했다. 어차피 돈 되는 사건이 내게 올 리 없고, 집에 차리면 사무실 비용은 안 들어 공익소송이나 무료 법률상담 같은 걸 하면서 소송구조사건을 맡거나 가끔 돈 되는 사건을 하면 법관 지원하기 전까지 3년은 버틸 수는 있겠다 싶었다. 딸린 식구가 없으니 가능한 이야기였다.

그러던 차에 서울시 장애인인권센터(나중에 장애인권익옹호기관으로 이름이 바뀌었다) 변호사 채용 공고를 보게 되었다. 장애인권익옹호기관은 학대받은 장애인을 신속히 구조하고 피해자에게 필요한 서비스를 제공해 피해자가 다시 사회에서 살아갈 수 있도록 지원하는 기관이다. 처음에 공고가 올라왔을 때는 지원 기간이나 근무 시작일이 맞지 않았었는데 재공고가 났다. 재판연구원을 퇴직한 다음 주에 면접을 보았다. 1차 면접을 한 시간쯤 보고 집에 와서 뒹굴거리고 있는데 팀장에게 전화가 와서 내일 2차 면접에 올 수 있느냐고 물었다. 어차피 백수인 마당에 남는 게 시간인데 당연히 괜찮다고 했다. 다음 날은 서울시 담당 팀장과 운영 법인에서 와서 면접을 봤다. 작은 조직은 의사 결정이 빠르다. 오후에 팀장에게 전화가 와서 내일부터 출근할 수 있느냐고 했다.

"그래도 일주일은 쉬고 싶은데요."

"첨부터 빡세게 안 시킬 테니까 나와서 일 배워 가며 쉬어요."

"내일은 곤란하고 다음 주 월요일부터 갈게요."

취업에 성공해서 좋기도 하고 생각보다 너무 일찍 일을 하게 되어 쉬지 못하는 것이 아쉽기도 했다. 그렇게 나는 장애인인권센터에서 일을 하게 되었다.

여기서 일하기로 결정한 것에는 몇 가지 이유가 있었다. 나는 장애인의 현실을 보고 싶었다. 본인도 장애인이지만 나는 계속 온실 속 화초였다. 학교든 법원이든 내 주위 사람들은 대체로 내게 호의를 가지고 대했다. 내 장애로 인해 심각한 차별이나 부당한 대우를 받은 경우는 별로 없었다. 나는 장애라는 속성을 제외하면 기득권에 가까운 것이다. 내가 아는 세상은 넓지 않았다. 판사라면 세상에 대한 폭넓은 이해가 필요하다. 아직까지 수많은 장애인이 시설에 수용되어 있고 많은 영역에서 차별받고 있다. 장애인은 우리 사회의 대표적 취약 집단이고, 특히 학대 피해 장애인이라면 두말할 나위가 없다. 나는 내가 모르는 세상을 있는 그대로 보고 싶었다.

　고백하자면 나는 사익적인 인간이라 오로지 이타적인 마음으로 공익변호사가 된 것은 아니었다. 내가 그 일을 하면서 얻을 수 있는 경험을 통해 발전하기를 원했다. 그러면서 다른 사람들에게 도움이 된다면 금상첨화였다. 나는 사익을 위해 전력투구하고 그 결과 공익이 달성되는 아름다운 그림이 그려졌다. 사실 급여도 법원에 비하면 대폭 줄긴 했지만 공익변호사치고는 그리 나쁘지 않았다. 결정적으로 내가 사는 집과 사무실이 차로 10분밖에 걸리지 않았다. 직장인의 행복과 출퇴근 시간은 반비례한다. 이보다 좋은 조건은 없을 것 같았다.

　출근해 보니 법원과는 분위기가 많이 달랐다. 센터장은 비상근이고 팀장은 30대 후반에 직원 평균 연령이 30대 초반이었다. 자유롭고 에너지가 넘쳤다.

　사람들은 나에게 "동현쌤"이라 불렀다. 신선하고 괜찮았다. 복장도 매일 정장을 입다가 캐주얼로 바꾸었다. 면바지에 티셔츠를 입고 출근하는 날도 있었고 여름에는 가끔 반바지도 입었다. 청바지에 베이지색 가죽점퍼를 입고 출근한 적도 있었

다. 그 복장 그대로 예전에 같이 일하던 판사님들과의 저녁 약
속에 나갔더니 깜짝 놀라셨다. 오히려 차려입고 출근한 날은
어디 좋은 데 가느냐며 동료들이 놀려 댔다. 점심시간에는 각
자 싸 온 도시락을 나눠 먹었다. 앞접시를 하나 마련해 두고 다
른 사람들이 반찬을 덜어 줬다. 팀장님이 나한테 풀만 주고 고
기 반찬은 잘 안 준다며 다른 직원들이 일침을 가하기도 했다.
좀 여유 있는 날에는 간식을 먹자며 사다리도 많이 탔다. 일 안
할 때는 직장이 아니라 동아리 같았다.

사건 이야기를 하면서 동료들과 친해졌다. 다들 자기 일에
대한 자부심이 있었다. 우리가 못 해 주면 어디 가서도 도움 못
받는다는 생각으로 일했다. 복지 제도 등, 내가 그동안 잘 모르
고 살던 것들을 하나씩 알게 되는 것도 좋았다. 상담 전화를 받
고 스스로 해결하기 어려운 사건이면 몇몇을 회의실로 소환해
간이사례회의를 했다. 피해자를 어떻게 지원할 것인지 서로 생
각을 나누고 하나씩 사건을 해결하면서 성취감도 느꼈다. 법원
과는 또 다른 일하는 맛이 있었다.

여러 사건을 진행하면서 많은 분을 만났다. 사건이 잘 해결
되어 누군가의 삶이 바뀌는 것도 좋았고, 내가 누군가에게 도

움이 될 수 있다는 것도 보람찼다. 사건이 잘 해결되지는 않았
지만 애써 주어 고맙다는 이야기를 들을 때면 미안하고 안타
까우면서도 내 노력이 아무 의미 없는 일은 아니었다는 생각
에 다시 힘을 낼 수 있었다.

이렇게 누군가와 부대끼는 일이 분명 내 성향에 잘 맞는 일
은 아니다. 그러나 그 선택을 후회하지는 않는다. 내가 잘 모르
는 세상을 알아 가는 시간이었고, 세상을 보는 눈도 많이 바뀌
었다. 세상에는 이런 사람도, 저런 사람도 있고 각자가 처한 환
경이 다 다르기에 내 입장에서 그들을 바라보는 것만이 정답
은 아니다. 누군가에게는 하룻밤 유흥비에 불과한 금액이 누군
가에게는 한 달 생활비가 되고, 누군가는 그 돈이 없어 신용불
량자가 된다. 제3자가 보기에는 답답해 보이는 선택도 그 사람
에게는 어쩔 수 없는 선택이었을 수 있다. 돈을 주고도 배울 수
없는데 오히려 돈을 받고 배웠으니 감사할 따름이다.

미국의 P&A(Protection and Advocacy)는 부당한 인권침해
로부터 사회적 약자를 보호하고 그들의 권리를 옹호하기 위한
기관이다. 나는 한 토론회에서 일리노이 P&A의 지나 나이디치
대표님의 강연을 들었다. 한곳에서만 수십 명의 변호사가 활동
하고 있다니 놀랍기도 하고 부럽기도 했다. 나는 더 많은 변호

사가 이런 분야로 진출했으면 좋겠다. 변호사는 기본적 인권을 옹호하고 사회정의를 실현하는 것을 사명으로 한다. 공익변호사는 윤리적 딜레마에 시달리는 사건을 맡지 않아도 되고 일하는 보람도 크다. 그러기 위해서는 공익변호사들이 열심히 활동할 수 있도록 사회적, 경제적 기반이 더 확대될 필요가 있다. 공익변호사도 생활인이고 빈손으로 일하지 않는다. 공익변호사들이 안정적으로 일할 수 있는 환경이 마련되면 좋겠고, 그들을 통해 세상이 더 나은 방향으로 나아가기를 소망한다.

내가 생각하는
포용 사회의 출발점

　　　　　　　　내가 장애인권익옹호기관
에서 하던 업무는 간단한 법률 상담에서부터 학대 신고를 받
고 조사해 가해자를 처벌하고 피해 회복을 지원하는 일이었
다. 의사소통이 어려운 장애인 피해자는 피해를 입더라도 스스
로 수사기관에 찾아가서 피해 진술을 하기 어렵고, 수사기관에
서 진술을 잘 믿어 주지 않는 데다가, 가해자와의 관계를 유지
하기 위해 대응을 포기하기도 한다. 처벌이 이루어진다고 해서
피해가 회복되는 것도 아니다. 이와 같은 어려움 때문에 사법

지원이 필요하다.

　내가 맡은 사건 중에는 휴대폰 사건이 꽤 많았다. 입사할 무렵, 한 판사님이 법관 임용 전 공백 기간에 두어 달 나와서 일을 했다. 그때 몇 건 있던 휴대폰 사건에 사법 지원이 필요해서 그분께 맡겼는데, 나가시고 나서 그 사건들이 몽땅 내게로 왔다. 한 건은 가해자를 고소하고, 한 건은 대리점 사장과 직원을 불러다 합의서를 쓰고, 한 건은 소송을 진행해 대금을 면제받았다. 이런 식으로 몇 건을 해결하고 보니 어느 순간 휴대폰 맛집이 되었다. 휴대폰 이야기만 나오면 내 사건이 되었다. 누가 새로 배우느니 그게 효율적이기도 했다.

　휴대폰 가입은 간단한 것 같지만 의외로 복잡한 일이다. 기기 대금을 어떻게 납부할지부터 요금제나 부가 서비스를 선택하는 것까지 나도 휴대폰을 바꿀 때마다 조건이 좋은 곳을 찾는 게 쉽지 않다. 하물며 발달 장애인은 말할 나위가 없다. 그 와중에 사기까지 당한다.

　대리점에서 감언이설로 꾀어 별 필요 없는 고가 요금제로 휴대폰을 개통하는 것 정도는 양반이다. 고장 나서 대리점에 갔더니 바꿔야 한다며 새로 개통을 시키고 할인을 해 준다며 필요도 없는 인터넷과 TV를 끼워 팔지 않나, 현금을 준다며 멀쩡한 휴대폰을 바꾸라고 한다. 한두 대도 아니고 장기간에 걸쳐 몇 대씩 해 먹기도 한다. 그런데 서류상으로는 잘 정리되어 있으니 여러 대인 경우에는 좀 해 볼 만한데 한두 대는 나중에 대응하기가 참 어렵다. 통신사는 대리점이랑 이야기하라면서 나 몰라라 하고 대리점은 오리발을 내민다. 변호사가 붙어서도 해결이 잘 안 되니 정말 분통 터지는 일이 아닐 수 없다.

대리점만 사기를 치는 것이 아니다. 어떻게 보면 아는 사람이 더하다. 관계를 이용해서 휴대폰 명의를 빌려 달라고 하거나 데려가서 서명하라고 하고는 그 자리에서 휴대폰을 팔아치운다. 지인뿐만 아니라 온라인, 오프라인을 가리지 않고 유혹하는 사람들이 있다. 남는 휴대폰 할부금은 장애인의 몫이다. 사기를 당한 피해자는 나중에 고지서를 받아 보고서야 일이 잘못되었음을 안다. 아무것도 모르고 있다가 나중에 주변 사람들이 신고하기도 한다. 이것도 해결이 잘 안 되기는 마찬가지다. 민사적으로는 통신사를 상대로 채무부존재확인청구를 할 수 있지만 의사능력이나 행위능력이 없을 정도로 중증인 경우에나 가능하다. 가해자를 고소하면 처벌은 되지만 벌금형 정도고 가해자도 보통 줄 돈이 없다. 없는 사람이 더 없는 사람을 등쳐 먹는다. 그나마 다행인 점은 강제집행할 재산이 없어서 통신사가 아무리 독촉하고 계좌를 가압류해 봐야 돈을 안 내고 버틸 수 있다는 정도일 것이다.

A씨가 최신형 휴대폰 한 대를 개통했다. 공기계로 내다 팔면 100만 원 정도는 받을 수 있는 물건이다. 소액결제로 문화상품권 50만 원어치를 사고, 게임 아이템 30만 원어치를 질렀다. A씨가 쓸 건 아니다. 문화상품권과 게임 아이템을 거래소에서 팔아 치웠다. 제값은 아니라도 당장 현금이 들어온다. 두 대를 더 개통한다. 300만 원 소액대출도 받았다. 신분증과 휴대폰만 있으면 된다. 소득도 없는데 여기저기서 그냥 막 퍼 준다. 작정하고 들면 천만 원 이상도 가능하다.

문제의 본질은 휴대폰이라는 것이 우리 생활에 필수적인 물건이면서 자기 인증 수단이자 결제 수단이며, 재화의 공급과 대금 지급 사이의 시간적 간격으로 인해 통신사가 사실상 신용을 공여하기에 명의만 있으면 현금을 구할 수 있다는 점에 있다. 우리가 휴대폰을 구입하면서 할부로 내는 돈에는 기기값뿐만 아니라 보증보험료까지 포함되어 있다. 통신사는 보증보험에 가입하고 보험료를 낸다. 가입자가 할부금을 지급하지 않으면 보증보험회사가 기기값을 통신사에 물어 주고 채권을 양도받는다. 통신사는 아무 손해가 없고, 보증보험회사 역시 보험료를 받는 데다가 일부는 추심하니 손해율만 잘 관리하면 남는 장사다. 당장에 현금이나 신용카드가 없는 사람들도 쉽게 휴대폰을 바꿀 수 있다. 그래서 이 시스템은 계속 잘 돌아간다.

그렇다고 장애인이 휴대폰 가입을 못 하게 하는 것이 해결 방법은 아니다. 누구든지 성인이라면 자기 의사에 따라 계약을 체결할 수 있다. 자기 스스로 신상이나 재산에 대해 결정할 수 있는 권리인 자기결정권은 헌법 제10조의 행복추구권에서 나오며, 자유의 본질적 요소다. 법률에 근거하지 않고 정당한 사유 없이 이를 막는다면 차별이다. 민법은 미성년자와 피성년후견인의 행위능력을 법적으로 제한한다. 법률행위를 할 때 친권자나 후견인의 동의를 받지 않으면 그 법률행위는 친권자나 성년후견인이 취소할 수 있다. 이는 거래의 안전보다는 무능력자의 보호를 목적으로 하는 제도지만, 그 반작용으로 제한능력자의 자기결정권은 침해된다. 일상생활에서 후견인의 도움이 꼭 필요하지 않은 사람에게 후견인 선임을 강요하는 것은 옳지 않다. 아동이라면 최우선적으로 고려하여야 할 것이 아동에게 최선의 이익(best interest)이 되는지겠지만, 성년 장애인에게 최우선적으로 고려해야 할 것은 정보 제공에 기반한 동의 (informed consent)를 구하는 것이다.

우연한 기회에 서울대학교 법학전문대학원 인권법학회와 서울대학교 법학연구소 공익인권법센터가 공동발간하는 학술지『공익과 인권』에서 원고 청탁을 받게 되어 같이 일하던 박혜진 선생님과 이런 내용에 관하여 소논문을 썼다. 대책이라고 내긴 했는데 실현 가능성이 있는지는 장담하기 어렵다. 어떻게 보면 장애인이 아닌 사람들은 더 불편해질 수 있는 내용이기 때문이다.

의사능력이 부족한 장애인을 위한 의사결정지원제도를 새로이 도입하고, 쉬운 말로 된 체크리스트를 만들거나, 기기 판매와 통신 서비스 제공을 분리해야 한다고 대책을 냈다. 같은 곳에서 팔지 못하게 하겠다는 것은 아니다. 지금처럼 휴대폰 기기 매매 계약과 이동통신 서비스 이용 계약이 결합한 형태의 계약으로는 발달장애인들이 직관적으로 이해하기 어렵다. 실질적으로는 휴대폰 할부 구매인데 무슨 지원금이니 어쩌니 해서 통신요금만 내는 것처럼 만들면 자기 돈을 주고 물건을 산다는 인식을 제대로 할 수 없다. 물론 누구에게나 편리하고 안전한 제도를 만들기는 쉽지 않다. 다만 그럴 때 약간의 불편함을 감수하고 약자를 보호하는 방향으로 가는 것이 포용 사회의 출발점이라고 생각한다.

감정 노동자의
애환

세상의 모든 것에는 명과 암이 있다. 장애인권익옹호기관에서 일하는 것이 늘 보람찰 수만은 없다. 일하다 보면 사람들과 부대낄 때가 종종 있다. 현장 이야기를 들어 보면 가해 행위자들은 문을 잠그고 열어 주지 않거나 "니들이 뭔데 조사를 하느냐"라며 비협조적 태도로 나오기 일쑤고 심지어 찾아와서 분란을 일으키기도 한다. 2인 1조로 다녀도 위협을 느낄 정도다. 가끔은 경찰 부를 일도 생긴다.

나는 현장에 나가기보다 주로 전화를 받았다. 다른 직원들이 모두 시설조사에 차출되어 나가면 독박전화를 피할 수 없었다. 전화 상담이 많고 실제로도 콜센터와 비슷한 시스템을 쓴다. 여기 전화하는 분들은 대부분 무엇인가 원하는 것이 있어서이다. 보통은 원만하게 목적을 성취하거나 그렇지 못하더라도 안 되는 이유를 설명드리면 납득하고 전화를 끊지만, 세상에는 꼭 그런 사람만 있는 것은 아니다. 별별 일이 다 있다. 대략 이런 것이다.

민원인: "당신 뭐야? 윗사람 바꿔."

나: (손으로 전화기를 막고) "관장님~~~~"

내 손을 떠나서 다행이다.

민원인: "당신 이름과 직급이 뭐야? 내가 민원 넣을거야!!!"

나: "네, 저는 김동현 변호사입니다."

사실 그렇게 말한다고 다 민원을 넣지는 않는다. 서울시가 가끔 경위를 물어올 때도 있는데 번거롭긴 해도 자동으로 녹음이 되기 때문에 해명은 할 수 있다.

민원인: "이걸 왜 못 해 줘? 내가 장애인이라고!!!"

나: "그건 저희 기관 업무가 아니고요. 저도 눈이 안 보이는

데요."

기관마다 고유한 역할이 있고, 장애인권익옹호기관이 심부름센터는 아니다.

나: "원하시는 방법은 적절한 방법이 아닌 것 같습니다."

민원인: "당신 자식도 장애가 있었으면 좋겠네요. 선생님은 직업을 바꾸셔야 할 것 같아요."

절박한 사정이 이해는 되는데 답정너는 곤란하다. 덕분에 나는 직업을 성공적으로 바꿨다. 일등공신은 아니라도 공신의 반열에 오르기 충분하다.

민원인: "이게 바로 인권침해라고!!!"

나: "선생님, 그건 인권이 아닌데요."

미지근한 물에 커피를 타면 맛이 없다. 그렇지만 병원에서 안전상의 이유로 뜨거운 물을 제공하지 않는 것이 인권침해라고 보기는 어렵다. 뜨거운 물을 원하시면 커피포트를 하나 사시면 된다. 이런 사람일수록 상대가 누구냐에 따라 행동이 달라진다. 불편한 전화를 넘겨받을 때면 목소리를 깔고 또박또박 말한다. "네, 김동현 변. 호. 사. 입니다."

인권위 진정도 당해 보았다. 가해자를 사기, 횡령, 사문서위 조 등의 혐의로 고발했는데 가해자가 피해자를 회유해 피해자 의사에 반해 자신을 고발했다는 이유로 진정을 넣었다. 고발이 야 누구나 할 수 있고 조사 녹취도 다 있어서 별로 걱정할 거 리는 아니었지만 답변서를 써서 보내야 하니 신경을 안 쓸 수 없다.

무한 정보공개청구도 받아 보았다. 사건이 자기 마음대로 진행되지 않자 자기가 당사자도 아니면서 조사 결과를 내놓 으라더니 우리 직원들 월급이 왜 궁금한지 모르겠다. 몇 달 동 안 정보공개청구 수십 건을 받았다. 우리만 걸고넘어지는 게 아니라 시청, 구청 안 받은 데가 없다. 정보공개법상 비공개 사유를 들어 비공개 처리하면 이의신청에 행정심판까지 간 다. 그 민원인 때문에 서울시 옴부즈만에 불려간 적도 있다. 그렇다고 부당한 압력에 굴복해 사건을 그 사람이 원하는 대 로 처리할 수는 없다. 자존심 싸움이다. 누가 이기나 보자. 한 번도 안 졌다.

이런 면에서 나는 성격 좋은 편이 못 된다. 갑질에 지고 싶 지 않다. 때려도 회피 잘 하고 방어력도 좋은 편이다. 수틀리 면 개업하면 되고 민원, 진정, 소송 같은 것도 크게 두렵지 않다. 녹음도 되어 있고 다행히 위에서 나한테 친절한 고객서비스를 강요하지도 않았다.

친절은 상대적인 것이다. 아무리 그래도 때론 화가 나고 상처받고 피곤한 건 어쩔 수 없다. 맵찔이인 내가 언젠가부터 매운 쭈꾸미와 마라탕을 찾고 있었다.

장애인 단체들은 의도대로 되지 않으면 공무원처럼 일한다고 항의할 때가 있다. 그도 그럴 것이 그쪽은 NGO(비정부기관)고 장애인권익옹호기관은 국가와 지방자치단체 사무를 위탁받은 것이라 GO(정부기관)다. 규정과 절차를 지키지 않으면 행정소송을 피할 수 없다. 예산을 지원하는 복지부, 서울시와 조율도 해야 한다. 입장이 다르니 마찰은 언제든 일어날 수 있다. 사실 단체들이 원하는 만큼 지원하지 못하는 주된 이유는 인프라가 부족하기 때문이다. 안 해 주고 싶어서 안 해 주는 게 아니다.

피해자를 학대 현장에서 분리하려면 갈 곳이 있어야 되는데 쉼터는 웬만하면 만원이고 여기저기 자리를 만들기 위해 하루 종일 전화를 돌린다. 그렇게 쉼터에 보낸 피해자들은 단체 생활에 적응하지 못해 수시로 사고를 치고 쉼터에서는 그분 언제 나가실 예정이냐고 하소연을 한다. 사실 자립을 지원하는 것도 산재해 있는 지원 사업에 연계해 살 곳을 구하지 못하면 방법이 없다. 장애인옹호기관이 보증금을 내줄 수는 없기 때문이다. 새로운 곳에 정착해서 피해자 지원이 끝났다고 안심하고 있으면 그분에게 또 새 사건이 터진다. 날이 좋지 않으면 이름만 봐도 무슨 이야기를 할지 예상이 되는 우수 고객들에게 집중적으로 전화가 온다. 이런 게 몇 개 겹치는 전쟁 같은 하루를 보내고 나면 온몸에 진이 빠진다.

지금은 쉼터가 더 생겼지만 내가 퇴사하기 전까지 서울에서 장애인 학대 피해자가 갈 수 있는 자리는 네다섯 명에 불과했다. 서울 인구 천만 명에 그 정도 시설로는 사람이 다 차 있지 않은 것이 오히려 이상할 정도였다. 쉼터 근무자도 교대 근무를 하는데 각 한 사람뿐이었다. 학대 피해자에게 제대로 된 서비스를 제공하길 기대하기는 어려웠다. 시설도 독립된 것이 아니라 다른 시설을 겸하고 있는지라 사람이 많이 오면 학대 피해자들이 제대로 쉴 수도 없었다. 병원 가고, 은행 가는 데도 누군가가 다 동행해야 했다. 초기에는 여간 손이 많이 가는 게 아닌데 쉼터에 인력이 없으니 옹호기관 직원들이 한 시간 반

걸려 출장을 갔다.

제대로 서비스를 제공하려면 공간적으로도 여유가 있어야 하고, 충분한 인력이 필요하다. 피해자들이 자립하기 위해서는 물질적인 지원뿐만 아니라 지역사회에서 함께 살아갈 수 있도록 적응하는 훈련도 필요하다. 훈련에는 시간이 걸리고 전문가도 필요하다. 그런데 지금은 시설에 오래 있기 어렵고 전문가도 부족하다. 자립할 준비가 되어 있지 않은 장애인에게 비장애인처럼 집을 구해 주고 생활비를 준다고 자립이 되는 게 아니다.

무슨 사건이 터지면 정치권에서 매번 새로 법을 만들겠다고 나서는데, 법이 없는 게 아니다. 예산이 없고, 인력이 없고, 권한이 없고, 활용할 인프라가 없는 것이다. 전국 장애인옹호기관 몇몇은 한 손에 꼽히는 인원으로 시와 도 전체를 관할해야 하는 경우도 있고, 전국에 쉼터는 몇 개 되지도 않는다. 아동 학대 사건에서도 보았듯이 즉시 분리를 하려야 할 수가 없다. 예산 주고 쉼터 만들고 사람 뽑아서 제대로 운영할 수 있게 지원을 해야 한다. 직원들을 감정 노동으로부터 보호할 제도를 마련하고, 적극적으로 활동할 수 있게 판을 깔아 주어야 한다. 대한민국은 선진국이다. 돈이 없어 못 하는 게 아니라 우선순위의 문제일 뿐이다.

같은 불행이
반복되지 않으려면

　　　　　　　　　　장애인권익옹호기관에서 일
할 때 기억에 남는 사건이 있다(업무상 비밀 준수 의무로 인해 당사
자를 알 수 있는 자세한 이야기는 하기 어려운 점을 미리 밝힌다).

　　나는 2017년부터 퇴사하기 전까지 한 장애인 피해자를 지
원했다. 지적장애가 있는 분으로 어린 시절을 보육원에서 보낸
후 성년이 되어 지속적인 노동력 착취에 시달리다가 이웃 주
민의 신고로 극적으로 구출되었다. 다른 담당자들이 지원하다

가 이분이 자립을 준비하는 단계에서부터 내가 맡게 되었다. 당시는 근로기준법을 위반한 업소 사장과 피해자에게 일을 시키고 월급을 횡령한 양어머니라 불리는 사람에 대한 형사재판이 마무리될 무렵이었다. 유죄판결이 선고되었지만 형사 절차와 민사 절차는 별개다. 형사 절차에서 처벌된다고 해도 피해를 회복하려면 민사소송을 제기해야 한다. 받지 못한 돈이 많아 양어머니에 대한 손해배상 소송을 준비했다. 그런데 오히려 상대방 쪽에서 명의신탁한 부동산을 돌려 달라며 피해자에게 소송을 걸어 왔다. 피해자에게 집과 돈 중 무엇을 원하는지 물어보니 집을 원한다고 했다. 부동산실명법은 명의신탁을 인정하지 않는다. 명의신탁을 받은 사람이 이를 모르는 제3자로부터 부동산을 매수한 경우 명의신탁 약정은 무효이므로 부동산은 명의자인 명의수탁자에게 남고 명의신탁자에게는 부동산 취득비용만 돌려주면 된다. 나는 피해자의 뜻대로 부동산을 지켜 주고 부동산 매매대금과 손해배상채권을 상계할 수 있도록 도왔다.

그러나 이분의 수난은 여기서 끝나지 않았다. 쉼터를 나와 자립한 후에 지역사회에서 알게 된 친구의 꾐에 넘어가 휴대폰 여러 대를 개통하고 월급을 갈취당했다. 그뿐만 아니라 자신도 모르는 사이 명의를 도용당해 사업자등록이 되어 있었고 세금이 체납되어 독촉을 받았으며 도용한 이들이 법인카드까지 발급받아 사용하지도 않은 카드 대금이 청구되었다. 주식회사의 대표이사로 등기되어 있기도 했는데, 그 회사가 불법 도박사이트를 운영하는 바람에 피의자로 입건되었다. 그러는 와중에도 지적장애 때문에 자신이 어떤 일을 했는지 정확히 기억하지 못했고 어떤 피해를 입었는지도 이해하지 못했다. 검찰청에 조사받으러 가는 날 모시러 갔더니 차 타고 놀러 가는 줄 알고 잔뜩 신이 나 있었다.

이런 사건은 시작부터 품이 많이 든다. 본인이 기억하고 있는 것이라고는 검은 차를 타고 어딜 갔다 왔다, 누가 신분증 달래서 주고 이름 쓰라고 해서 썼다는 게 다였다. 물어볼 때마다 말이 조금씩 바뀌기도 했다. 거짓말을 한다기보다는 기억이 불완전하거나 왜곡되는 경우가 있어서 진술을 바탕으로 객관적 사실관계를 확인해 가면서 퍼즐 맞추기를 해야 한다. 나는 국세청, 은행 등 관련 기관에 문의하고 피해자를 모시고 뛰어다니며 서류를 발급받아 사실관계를 정리하고, 수사기관에 고발하거나 수사 의뢰를 했다. 조사 시에도 매번 동석해 의

사소통을 조력했다. 내가 이렇게 이것저것 하고 있는데도, 이 분은 그 사실을 아는지 모르는지 별 관심도 없었다.

이런 사건으로 수사기관에 가면 몇몇은 한숨부터 내쉰다. 남들이 10분이면 이야기할 내용을 물어보는 데 한 시간 이상 걸리기 때문이다. 나는 이분에게 두 가지만 강조했다. 첫째, 기억 안 나면 안 난다고 하셔라. 둘째, 질문을 잘 모르겠으면 아는 척하지 말고 그냥 모르겠다고 대답하셔라. 그러면 다시 설명해 드리겠다. 수사기관에도 주의사항을 전달했다. 쉬운 말로 하셔라. 질문은 한 번에 하나씩만 하셔라. 발달장애인 전담 경찰관이 지정되어 있기는 하지만 특별한 전문성이 있다고 보기는 어렵다. 항상 거기서 조사를 받는 것도 아니다. 이런 분들의 진술을 제대로 청취하려면 나같이 전문가 흉내 내는 사람 말고(나는 법률은 알아도 발달장애인 의사소통은 어깨너머로 배운 사람일 뿐이다) 진짜 전문가가 필요하다. 국가 차원에서 양성해 필요한 경우에 즉시 지원받을 수 있도록 해야 한다. 지금의 진술조력인 제도는 지원받을 수 있는 사건이 한정되어 있다.

일련의 사건을 겪으면서 아무런 연고가 없고 의사능력이 부족한 이 피해자에게 더 이상의 피해가 생기는 것을 방지할 필요가 있었다. 이분이 어딜 가서 누굴 만나 무얼 하는지 모르는데 대형 사고가 불쑥불쑥 터진다. 돈은 다 날렸고, 남은 건 집 하나뿐인데 그것마저 날리면 오갈 데가 없어진다. 여러 사람이 모여 논의한 끝에 잘못된 법률행위를 취소할 수 있도록 본인의 동의를 얻어 한정후견인을 선임하기로 했다. 행위능력을 침해한다는 이유로 후견에 비판적인 사람도 있지만, 잘만 활용하면 무능력자를 보호할 수 있다. 사건을 제일 잘 안다는 이유로 내가 후견인을 하는 게 어떻겠냐는 의견도 나왔지만 한 후견법인에서 무료로 후견을 맡아 주기로 했다. 한편 명의를 도용당한 휴대폰 요금에 관해 통신사로부터 사용료 청구를 받고 민사소송 대리도 했다. 그러다 판사로 임용되어 퇴사하게 되면서 세금과 휴대폰 요금 청구 등 남은 문제들을 매듭짓지 못하고 후임자에게 사건을 넘겼다. 수사가 지연되는 탓에 나머지 문제를 말끔히 해결하지 못하고 무거운 사건을 넘겨주게 되어 조금 죄송스러웠다. 지금은 어떻게 지내시는지 문득 궁금해진다.

학대 피해 장애인이 지역사회에서 자립하는 데는 여러 가지 것들이 필요하다. 먼저 본인의 의지가 있어야 한다. 어떤 분은 그동안 누리지 못한 자유를 만끽하기도 하지만 어떤 분들은 스스로 무언가를 하는 것에 익숙하지 못하다. 때 되면 밥 나오고 청소니 빨래니 하는 집안일을 본인이 안 해도 되는 생활에 적응해 버려서 아무런 자립 의지 없이 다시 다른 시설로 보내 달라고 요청하는 분도 가끔 본다. 여러 경험을 통해 자신이 하고 싶은 것을 찾는 시간이 필요하다. 두 번째로는 본인의 능력이 어느 정도 있어야 한다. 최소한 어떤 형식으로든 자기 의사를 표시할 수 있을 정도는 되어야 한다. 좀 느리더라도 시간을 두고 배우고 익히면 자립할 능력을 기를 수 있다. 그렇지만 사회적 연령이 아기와 다름없는 분이 과연 지역사회에서 혼자 자립할 수 있을까? 솔직히 말해 나는 잘 모르겠다. 그리고 투입할 수 있는 충분한 사회적 자원이 필요하다. 인적이든 물적이든 가용 자원이 부족하면 자립에 성공하기 어렵다. 자신이 처한 학대 상황을 바꾸도록 설득하기 위해서는 더 나은 생활을 할 수 있을 것이라는 희망을 보여 주어야 한다. 이들이 완전히 자립할 때까지 충분히 시간을 두고 지원할 수 있는 인력도 필요하다. 마지막으로는 지역사회 구성원들이 이들이 조금 다르다는 이유로 배척하지 않고 더불어 살아간다는 마음가짐을 갖는 것이다.

  장애인 학대 사건이 언론에 나오면 한동안은 떠들썩하다. 신안 염전 노예 사건 때도 그랬고 잠실야구장 사건 때도 그랬다. 법을 만들어야 한다는 둥, 가해자를 엄벌해야 한다는 둥, 누가 뭘 잘못했다는 둥 한바탕 휘몰아치다가도 이내 시들해진다. 수사와 재판이 장기화되어 판결이 선고될 즈음이면 까맣게 잊힌다. 그러나 피해자들의 삶은 이제 다시 시작이다. 장애인 권익옹호기관이 그 시작을 함께하지만 여기는 119 구급대나 응급실과 같은 곳이다. 입원해서 전문적인 치료를 받게 하고 퇴원 이후에도 지속적으로 건강관리를 해 주기는 현실적으로 어렵다. 그런 서비스와 기능을 하는 곳들이 더 확대되어야 한다. 그러지 않으면 애써 구출한 피해자들이 학대의 늪으로 다시 끌려 들어간다. 제발로 다시 걸어 들어가기도 한다. 시간이 지나면 학대의 기억은 흐려지고 추억은 미화된다. 피해자들이 이전 생활에 만족감을 느끼고 지금의 생활에 적응하지 못하면 과거는 반복된다. 그런 일이 반복되지 않도록 우리가 할 수 있는 일들을 해 나가야 한다.

불행한 가정은
저마다의 이유로 불행하다

"행복한 가정은 모두 비슷한 이유로 행복하지만 불행한 가정은 저마다의 이유로 불행하다." 톨스토이의 『안나 카레니나』에 나오는 유명한 첫 문장이다. 장애인권익옹호기관에서 일하다 보면 저 문장이 명문장임을 더욱 실감하게 된다.

장애인 학대 사건의 상당수는 가정에서 발생한다. 타인의 가정에 간섭하는 것을 일종의 금기로 여기는 우리 정서를 감안해 볼 때 더 많은 사건이 가정에서 발생하고 있을 것이다. 장애인 학대 사건이 일어나는 가정은 우리가 생각하는 일반적인 가정의 모습과는 조금 다르다. 가족이 서로에 대한 애정을 바탕으로 서로에게 헌신하는 보통의 가정을 생각하고 접근한다면 장애인권익옹호기관에서 만나는 상당수의 사건은 도무지 이해가 되지 않을 것이다.

어느 날 장애인 가족지원센터에서 자문 요청을 받았다. 자기가 지원하는 가정인데 학대 신고를 하는 취지는 아니라고 했다. 아버지가 지적장애 아들을 집에서 못 나가게 하고 자신의 시중을 들라고 시킨다는 것이었다. 집에 돈이 없는 것도 아닌데 아버지는 아내에게 생활비도 거의 주지 않는다고 했다. 아버지는 외부에서 개입하는 것을 극히 꺼리는 상황이었다. 예전에는 폭력을 행사하기도 했다는데 지금은 기력이 쇠하고 건강이 좋지 않아 그런 행위는 하지 않는다고 했다. 일단 당사자와 어머니, 가족지원센터 사회복지사님을 만나 이야기를 들어보았다. 상황이 그다지 좋지 않았다. 분리가 시급해 보였다. 그렇지만 서울 시내에 모자가 동시에 갈 수 있는 쉼터 같은 것은 없었다. 어머니나 아들이나 돈 한 푼 없어서 방을 얻을 수 있는 상황도 아니었다. 구청, 동주민센터, 정신과 의사까지 모여 통합사례회의를 해 봐도 뾰족한 수가 나오지 않았다. 아버지에게 집이 몇 채 있으니 애초에 돈이 없는 집이 아니어서 금전적 지원 대상이 될 수가 없었기 때문이다. 정신적 문제를 이유로 아버지를 입원시키는 방법과 이혼하고 재산 분할을 하는 방법이 있었지만 둘 다 너무 극단적이었다.

아버지 쪽이 아예 문을 걸어 잠글 우려가 있어서 일단은 변호사가 나서지 않고 사회복지사님이 부드럽게 이야기해 보기로 했다. 다행히 아버지가 아들을 주간보호센터에 보내는 것을 막지는 않았다. 주간보호센터에서는 한 달에 20여 만 원이면 낮에 이런저런 프로그램에 참여해 즐거운 시간을 보낼 수 있었다. 아버지가 비용 부담을 거부해 우리 기관에서 긴급사례지원비로 두 달 분을 지원했다. 그사이 복지사님이 아버지를 다시 설득해 보기로 했다.

복지사님은 아들이 주간보호센터를 다니면서 점점 밝아지는 게 느껴진다고 했다. 두 달 후 다시 돈을 낼 때가 다가왔다. 아버지는 여전히 돈을 내놓을 생각이 없었다. 아들이 주간보호센터에 나가지 못하게 될 위기였다. 복지사님이 내 명함을 팔아 "변호사가 정서적 학대로 조사하러 나올 수도 있다. 20여 만

원 정도는 괜찮지 않냐"라며 어르고 달랜 끝에 아들이 다시 주간보호센터에 다닐 수 있게 되었다. 갈등이 완전히 해소되지는 않았지만 아들이 어느 정도 숨 쉴 여유는 생긴 셈이다. 그 사건은 복지사님의 공이 컸다. 가족들을 지속적으로 만나고 신뢰 관계를 형성해 가면서 성과를 거둘 수 있었다. 분리와 처벌, 이혼 같은 극단적인 방법을 주저할 필요는 없지만 어떤 경우에는 분리와 처벌만이 최선의 방법은 아니었던 것이다.

이렇게 경제적 문제로 인해 약한 학대의 늪에서 빠져나오지 못하는 사건들은 많았다. 우리나라 사회복지제도는 개인이 아니라 가구를 기반으로 지원하고 있는 것이 많다. 임대주택이나 기초생활수급비도 마찬가지다. 가부장제의 산물이다. 집안에서 가장 힘 있는, 일반적으로 연장자인 남성이 마음대로 권력을 휘두른다. 수급비를 받아 혼자 다 써도 딱히 강제할 수단이 없다. 다른 가족들은 돈이 없으니 독립하지도 못하고 소극적인 반항을 하거나 눈치를 보며 하루하루 버틴다.

분명한 것은 형사처벌이 해결책은 아니라는 것이다. 구속되어 징역형이 나올 정도가 아니라면 불편한 동거는 이어진다. 집에서 나오겠다고 하면 한두 달 고시원비야 기관에서 지원해 줄 수 있지만 그다음은 기본적인 사회복지 시스템의 영역이다. 다행히 부양의무제는 폐지되어 더 이상 가정 내 학대 행위자를 찾아다니며 부양 포기 확인서를 받을 필요는 없어졌지만, 생활의 기반을 마련하는 것이 쉽지만은 않다.

어떤 가정의 누군가에게 지원이 필요하다면 어떤 가정의 누군가에게는 용기가 필요하다. 어느 날 휠체어를 탄 여성분이 찾아왔다. 결혼 생활 도중 다리가 불편해져서 휠체어를 타게 되었는데 그 뒤로 남편이 변했다고 했다. 직장에서 일도 하고 집안일에도 최선을 다하고 있는데 남편은 모든 것을 아내 탓으로 돌린다는 것이다. 장애인에 대한 비난과 비하가 날아들었다. 위기가 닥쳤을 때 사람은 밑바닥을 드러낸다. 가족 중 하나가 갑자기 장애를 얻으면 가족 모두가 힘들다. 그걸 이겨 나가는 것은 서로에 대한 사랑과 믿음이다. 이분은 지속적인 가스라이팅에 무력해진 상태였다. 내가 물었다.

"선생님, 왜 그러고 사세요? 이혼 도와 드릴까요?"

"아이가 결혼할 때까지만 참으려고요."

아이가 대학교에 다닌다고 했다. 요즘 같은 만혼 시대에 몇 년이나 더 그러고 살아야 할지 알 수가 없다. 같이 상담하러 들어갔던 여성 조사관님이 답답한 사정을 듣다 못해 여자분이 처한 현실을 냉정하게 조목조목 짚어 갔다. 그리고 필요하면 연락 주시라고 명함을 건네며, 우리가 도와 드릴테니 자기 권리 찾으면서 당당하게 사시라고 했다. 그분은 두 시간 남짓 이야기를 나누고 돌아갔다.

얼마간 지났을 무렵 그분에게 다시 연락이 왔다. 나 말고 조사관님을 찾았다. 그날 이야기하는 모습이 너무 멋져 보여서 자기도 용기를 냈다고 했다. 당분간 따로 살기로 했다고. 그 뒤로 특별히 연락이 오지는 않았다. 남편이 아내의 소중함을 깨닫고 다시 합쳤는지 혼자 꿋꿋하게 살고 계실지는 모르겠지만, 무소식이 희소식이라고 부디 행복하시기를 빈다. 자기 행복을 쟁취할 용기를 내신 데 경의의 박수를 보낸다.

여기까진 실제로 가정이라는 것이 존재하는 사건이다. 반면 가정의 탈만 쓴 사건도 많다. 장애인에게 강제 노동을 시키고 수급비 등을 착복한 사건들은 보도가 안 될 뿐 아직 많이 발생한다. 그런데 솜방망이 처벌로 끝나는 경우가 태반인 이유는 여러 가지가 있다. 동거 친족이라면 돈을 횡령해도 형이 면제된다. 우리 형법은 친족상도례라 하여 일정한 가족관계가 있다면 몇몇 재산 범죄에 대해 형을 면제하는 제도를 두고 있다. 그래서 이걸 노리고 결혼, 입양 등을 통해 없는 친족관계를 만들어 내기도 한다.

수년간 공장에서 일하면서 월급 한 푼 못 받은 장애인 노동자가 있었다. 가해자는 그의 친족이었다. 정말 놀라운 것은 가해자와 피해자의 주민등록상 주소가 그 공장에 붙은 방이라는 사실이었다. 피해자는 돈 한 푼 못 만져 보았지만 피해자 명의 통장으로 돈이 들어오긴 했다. 가해자는 동거 친족이라며 자신의 형이 면제되어야 한다고 주장했다. 당연히 가해자가 공장에서 피해자와 함께 먹고 잤을 가능성은 거의 없어 보였지만 주민등록등본을 들이밀며 동거했다고 주장하면 이를 반박하는 게 간단하지만은 않다.

이런 사건은 전국적으로 많았다. 부산에 계신 한 변호사님이 형법 제328조 제1항 등 친족상도례 조항에 대해 헌법소원을 냈다. 중앙장애인권익옹호기관에서 판을 짜고 법무법인(유) 태평양, 법무법인(유) 동인에서 공동대리인단으로 참여했다. 나는 발만 살짝 담갔다가 판사가 되면서 대리인단에서 빠졌다. 가족간의 돈 문제에 국가가 나서서 간섭하는 것이 다소 적절하지 않을 때도 있겠지만 이는 일률적인 형 면제가 아니라 친고죄로 정하는 것으로도 충분하다. 그 이후 장애인복지법이 개정되어 장애인복지법으로 처벌하는 경우에는 친족상도례가 적용되지 않지만, 형법은 여전히 그대로이고, 이는 장애인의 경우에만 한정할 것은 아니다.

분노를 넘어 실소까지 일으키게 하는 사건도 있었다. 공동생활 가정에서 자기가 돌보던 장애인의 명의로 장애인 특별공급 아파트를 분양받게 히고는 전매기간이 끝나자마자 매매계약을 빙자해 자기 명의로 넘겼다. 자기가 통장 관리까지 하고 있어서, 웃돈이라고 붙여 준 돈은 그날 자기가 현금으로 인출했다. 어쩌다가 우리에게 꼬리를 잡혔다. 급여만 횡령한 줄 알았는데 파면 팔수록 덩어리가 커졌다. 8억 원 대에 분양받은 아파트는 고발할 때 12억 원이 넘어 있었다. 궁금해서 찾아보니 지금은 20억 원 가까이 한다(나는 월세 사는데 갑자기 부아가 치민다). 경찰 조사 중 가해자 부부는 이혼하고 남편은 미국으로 도주, 아내는 피해자 중 한 명과 결혼했다. 혼인신고만 한 게 아니라 식까지 올렸다. 이 정도면 진심이라고 믿어 줘야 하는 건지. 사랑해서 결혼하기로 했으니 고발을 취하해 달라고 편지를 보내왔는데 실소가 나왔다. 사건은 공범인 남편이 도주하는 바람에 아직 진행 중이다.

이런 사건들을 보면서 가정 내에서도 각자가 자유와 권리를 온전히 누릴 수 있도록 해야 한다는 생각이 들었다. 가구별 지원은 코로나로 인한 재난지원금 때도 문제가 생겼다. 보통의 가정들이야 별문제 없겠지만, 별거 중인 가정, 가정 내 힘의 균형이 완전히 무너진 가족 등, 누군가에게는 생존의 문제와 직결될 수 있다. 국가는 모든 국민 개개인에게 최소한의 인간적인 생활을 보장할 의무를 진다. 가정 내부에서의 힘의 불균형 문제도 남의 집안일이라고 내버려 두어서는 안 되는 이유가 여기에 있다.

판사가
되기까지

내가 구체적으로 판사가 되
겠다고 결심한 계기는 로스쿨에 복학한 2013년, 공익인권법
학교 프로그램에 참여한 것이었다. 강사로 오신 변호사님께서
공익소송의 어려움을 이야기하며 결국 법원에서 전향적인 판
단을 해 주지 않으면 승소율이 낮을 수밖에 없다는 말씀과 이
자리에 있는 인권 감수성이 풍부한 사람들이 공익변호사만 생
각하지 말고 법원에 가서 깊이 생각하고 좋은 판결을 해 주면
좋겠다는 말씀을 하셨다. 최종 판단을 누가 하는지 생각해 보

면 당연한 이야기겠지만 공익 활동을 하시는 변호사님께서 그 말씀을 하시니 더 와닿았다. 그 이후 나는 판사가 되어야겠다고 결심하고 판사가 되기 위한 길을 차근차근 밟아 왔다.

법원 분위기를 익히기 위해 법원에서 실무 수습을 하고 재판연구원으로 일하면서 간접적으로 판사가 하는 일을 경험할 수 있었다. 재판연구원을 하면서 다시 법원에 돌아오겠다는 생각이 더욱 커졌다. 사건 기록을 검토하고 보고서를 쓰는 일은 힘들지만 재미있었다. 부장님들의 지도를 받으며 차츰 실력이 늘어 가는 느낌이 좋았고 실체적 진실에 접근해 가는 과정이 보람찼다. 학구적이고 조용한 분위기도 나에게 잘 맞았다. 그렇지만 내 이름을 거는 것도 아니고, 결정에 모든 책임을 지고 있는 것이 아니기에 조금은 아쉬운 마음도 있었다. 그래서 판사가 되어 법원으로 돌아오고 싶었다.

로스쿨과 함께 도입된 법조일원화 제도는 판사가 되는 데 일정 기간 이상의 법조 경력을 요구한다. 법조일원화 시대가 되면서 판사가 되는 길은 멀고도 험한 길이 되었다. 외국 제도를 벤치마킹한 것이다. 솔직한 심정으로는 사법연수원 성적으로 판사가 되던 시절이 부럽기도 했다. 쉽고 어렵고의 문제가 아니다. 어렵다고 한다면 사법연수원에서 시험으로 치열하게 경쟁하는 것이 더 어려울지 모른다. 대신 이 제도는 기간이 길고 한 단계 한 단계 나아가는 과정이 피를 말린다.

판사가 되는 길의 시작은 사법시험에 합격하고 사법연수원을 수료하거나 로스쿨에 진학해 변호사시험에 합격하는 것이다. 그때부터 비로소 법조 경력이 시작된다. 내가 판사가 된 2020년에는 법조 경력 5년이 필요했다. 이 기간은 점차 늘어 앞으로 10년이다. 이렇게 법조 경력을 요구하는 취지는 경험이 풍부하고 자기 분야에서 실력을 갈고 닦은 사람을 판사로 임용하기 위해서다. 나는 서울고등법원에서 재판연구원, 서울특별시 장애인권익옹호기관에서 변호사로 일하면서 법조 경력 5년을 채웠다.

본격적인 첫 번째 관문은 서면작성평가다. 민사, 형사 중 하나를 골라 실제 기록을 읽고 검토보고서를 작성한다. 다른 사람들은 다섯 시간 동안 보는데 나는 시각장애 때문에 시간을 두 배로 받았다. 사실 그리 잘 보진 못했다. 기록을 한 번 읽기만 했는데 세 시간이 훌쩍 지나 있었다. 시간은 점점 흘러가는데 딱 맞는 판례는 잘 찾아지지 않았다. 조바심이 났다. 시험을 마치고 집에 돌아와서 맥주캔을 뜯으며 내년을 기약했다.

컴퓨터를 사용하고 검색도 할 수 있는 오픈북 시험이라지만 그 시간에 기록을 읽고 사실관계를 정리해서 결론까지 정확하게 맞추는 것은 쉽지 않았다. 다행인 것은 남들도 고만고만하다는 것. 풍문으로는 제대로 다 맞춘 사람은 많지 않다고 들었다. 합격, 불합격만을 가리는 시험이라 통과만 하면 된다. 시험에 합격하면 비로소 원서를 제출할 자격이 생긴다.

누군가가 원서 쓸 때 합격 발표가 나고 2주 만에는 쓰기가 어려우니 미리 준비하라고 했다. 나는 재수할 줄 알고 아무것도 해 놓지 않았다. 급하게 준비해서 제출하려고 보니 거의 책 한 권 두께였다. 자기소개서만 Part 1, 2를 합쳐 20페이지가 넘게 썼다. 수행한 사건 내역도 제출하고, 그중 열 건을 골라 그때 자기가 작성한 서면을 제출해야 한다. 재판연구원 때 쓴 것은 파일이 없었고, 변호사를 하면서는 고발장을 많이 썼지 법원에 제출한 서면이 많지는 않았다. 장애인 보험 가입 차별 사건, 학대 피해자 손해배상청구 사건 같은 것을 찾아 넣고는 어쩔 수 없이 고발장과 의견서로 나머지를 채웠다. 3년간 처리한 상담 내역이 몇백 건 되었지만 소송대리를 하지 않으면 변호사협회를 경유하지 않아도 되어 변호사협회에서 출력한 통계도 볼품없었다. 사실 조금, 아니 많이 걱정이 되었다. 내가 지난 3년간 일한 것은 어디 가서 무를 수도 없다. 이것 때문에 떨어진다면 재도전을 하기 위해 이직을 해야 했다. 그렇지만 다행히 그런 일은 일어나지 않았다. 그렇게 한 고비를 넘겼다.

서류 합격자 발표가 나면 실무면접이 기다리고 있다. 사흘에 걸쳐 민사, 형사, 경력인성 면접을 본다. 한 시간 동안 10여 페이지 정도 되는 축약된 기록을 읽고 내용을 정리해 면접관 앞에서 10분간 결론과 논거를 설명한다. 그 뒤에는 20분간 질문에 답하는 시간이 이어진다. 문제는 어렵고 질문은 날카로운데 머릿속은 새하얘졌다. 이틀 동안 영혼이 탈곡되었다. 같이 시험 본 사람들과 이야기하면서 나만 그런 건 아니라고 위안을 삼았다. 누군가는 얼굴이 새빨개져서 나왔고, 누군가는 머리 위에서 연기가 피어났다. 다들 그랬다. 마지막 날 경력인성 면접은 상대적으로 마음이 편했다. 상황을 제시하고 법관윤리에 관한 의견을 물어본다. 이럴 때 당신이라면 어떻게 하겠느냐고. 현실적으로는 쉽지 않지만 모두가 생각하는 이상적인 답은 있다. 경력면접은 자기가 했던 일 중에 기억에 남는 일, 어려웠던 일을 극복한 과정 같은 것을 물어본다. 면접 대기 시간에는 여러 가지 심리검사를 받는다. 끝나고 다들 하는 이야기가 내년에 또 하라면 못 할 것 같다는 말이었다.

　지금까지의 모든 절차는 완전히 블라인드로 이루어진다. 서류에 특정인을 식별할 수 있는 내용을 기재해서도 안 되고 말을 해서도 안 된다. 시험이건 면접이건 숫자로만 식별된다. 나 말고 면접장에 노트북을 가지고 들어가는 사람은 없으니 나를 알아볼 수도 있겠지만, 기본적으로 면접 조를 정할 때 가능한 한 아는 사람과 마주치지 않도록 한다고 들었다.

　실무면접을 통과하면 검증 절차가 진행된다. 같이 일했던 상사나 동료들에게 평판 조회를 한다. 신원조회는 물론 범죄 경력은 없는지 체납 세금은 없는지 이상한 금전거래는 없는지까지 들여다본다. 이 모든 결과를 가지고 최종면접에 돌입한다. 어떻게 보면 소규모 인사청문회다. 면접에서 웬만한 질문은 예상이 되었는데 의외의 질문이 있었다.

　"주식에 관심이 많으신가 봐요?"

　예전에 한참 하다 재미도 못 보고 골치만 아픈 것들이 여럿 있었다. 고위 법관이 아닌 이상 주식 투자가 제한되는 것은 아니지만 판사가 되면 정리하겠다고 했다. 관리할 시간도 없으니 손실이 너무 커서 도저히 손절할 수 없는 몇몇을 제외하고는 모두 정리했다.

　최종 면접에서 받은 질문 중 하나가 기억에 남는다.

"판사가 되었을 때 당사자들이 시각장애가 있다고 신뢰하지 못하면 어떻게 하시겠습니까?"

"잘 듣고 의심스러운 것은 당사자에게 확인해 가면서 신뢰를 줄 수 있도록 노력하겠습니다."

옆에서 듣고 계시던 다른 면접관님께서 한마디 거드셨다.

"오랜 시간 좋은 재판을 하면 됩니다. 그러면 신뢰가 쌓입니다."

맞는 말씀이다. 사실 사법부가 신뢰를 얻을 수 있는 길은 그 방법밖에 없다.

최종면접이 끝나고 임명 동의 대상자 명단이 발표되었다. 국민들에게 명단을 공개해 대상자에 대한 의견을 받는다. 그동안 잘못 살지 않았는지 스스로 반성하는 시간이다. 나쁘게 헤어진 연인이 등에 칼을 꽂을 수도 있다. 없는 것도 이럴 땐 복이다. 어디 가서 원한 살 일은 안 했는지 누구도 태클을 걸지 않았다. 나는 그렇게 6년간의 대장정을 끝내고 판사가 되었다. 이제 내 앞에는 새로운 시작이 기다리고 있었다.

사람의 목숨값을
정할 수 있을까?

고양이에게 생선을 맡겼다. 나는 민사사건을 맡게 되었다. 우리 재판부는 지식재산권, 의료 전담 재판부다. 아마도 공대를 나왔으니 이쪽으로 배치를 한 것 같은데, 나는 의료사고 피해자다. 사실 별생각이 없었는데 나중에 듣고 보니 주변에서 약간 우려하는 사람도 있었다. 아무래도 본인의 경험에 비추어 피해자 쪽에 유리한 판결을 하지 않을까 싶어서였다. 물론 그렇게 생각할 수도 있겠지만 합의부라 내가 혼자 결정하는 것은 아니다. 감정적으로 피해자

쪽이 안쓰럽기는 하지만, 안 되는 걸 억지로 끌어다 붙일 만큼 편을 들어 줄 이유도 없다. 그러면 또 다른 억울한 피해자를 만드는 셈이니까. 그냥 기록을 열심히 읽고 필요한 자료를 찾아서 법리에 따라 판단할 뿐이다. 사고는 이미 발생한 것이고 그 손해를 어떻게 분담하는 것이 공평한지 따지는 것이 판사의 일이다.

의료 사건을 만나면 늘 마음이 심란하다. 피해자는 죽거나 다쳐서 후유장애를 겪는다. 피해자 가족이 법정에 나와 울먹이며 진술하기도 하고 구구절절한 사연이 적힌 탄원서를 내기도 한다. 사고가 발생하고 그 이후의 치료 과정을 정리하다 보면 안타깝기 이를 데 없다. 피해자와 그 가족이 겪었을 고통스러운 순간들이 마음을 적신다.

나와 우리 가족도 그랬다. 이런저런 일들이 잘 풀리면서 지금은 그땐 그랬지 하며 넘길 수 있게 되었지만, 말로 풀어내기 어려울 만큼 힘든 순간들이 있었다. 그런데 그 고통은 정도야 다르겠지만 가해 의사 쪽도 겪었다. 그 의사는 실수를 하긴 했지만 양심적이고 책임을 질 줄 아는 사람이었다.

의료 사건 중에는 의외로 산부인과 사건이 많다. 옛날에는 애 낳다가 많이들 죽었다. 많이 좋아졌다지만 예나 지금이나 애 낳는 일은 목숨 내놓고 하는 일이라는 게 실감 난다. 한 사건에서는 산모가 양수색전증으로 사망했고 아이는 분만 과정에서 장애를 안고 태어났다. 양수색전증은 주요한 산모 사망 원인 중 하나로 원인도 명확하게 알려져 있지 않고 예측할 수가 없으며, 즉각적인 응급처치를 한다 하더라도 높은 사망률을 보인다. 탄원서에 나타난 가족의 상황이 안타까웠지만 병원에서의 조치에 뭔가 문제가 있었다는 점은 기록에서 찾아내기 어려웠다. 아마도 병원 측에서 피해자 가족에게 자세히 설명하고 사고 발생 후 그 마음을 좀 더 잘 위로했더라면 피해자 가족이 소송을 제기하지 않았을지 모른다. 아무런 책임이 없다는 병원 측의 태도와 딸과 아내의 죽음을 받아들이기 힘든 피해자 가족의 마음속 응어리가 수 년간의 소송전으로 이어진 것 같다. 내 경험에 비추어 보면 돈도 돈이지만 상대방의 태도가 더 중요했다. 그렇지만 판결문에 쓰이는 주문은 원고들의 청구 기각이다. 안타깝고 미안하지만 세상에는 어쩔 수 없는 일이 있다.

피해자의 사정이 안타깝다는 이유만으로 내가 과실 없는 의사에게 손해배상을 명하는 판결을 내리고 그 판결이 확정되면 그대로 집행된다. 내 판단에 따라 피해자가 정당한 배상을 받지 못할 수도 있고, 억울한 사법 피해자가 새로 생겨날 수도 있다. 판단하는 자의 책임은 그토록 무겁다. 그렇지만 판사는 신이 아니어서 오판의 가능성이 언제나 있다. 최소한 내가 당당할 수 있도록 직업적 양심을 지키는 것이 그 무게를 버텨 내는 유일한 길일 것이다.

 그렇다면 사람의 목숨값은 얼마로 정해야 할까? 나는 판결문을 쓰면서도 늘 의문이 든다. 우리나라는 생명, 신체를 침해한 손해를 세 가지로 나눈다. 치료비, 간병비와 같이 사고로 인해 지출했거나 지출할 손해를 적극적 손해라 하고, 사고로 인해 얻지 못하게 된 소득과 같은 손해를 소극적 손해라 하며, 이 둘을 합쳐 재산적 손해라고 한다. 그리고 나머지 하나는 정신적 손해에 대한 위자료다. 인간은 모두가 존엄한 존재인데 성별, 나이, 직업, 노동능력 상실률 등 항목을 하나하나 따져서 계산을 하다 보면, 사람 목숨값을 이렇게 따지는 것이 맞나 하는 생각이 문득문득 든다. 당연히 많이 벌던 사람이 손해가 크고, 노인보다야 어린아이가 손해가 클 것이며, 적게 다친 사람보다는 많이 다친 사람이 손해가 클 것이니 무의미한 것만은 아니다. 죽었는지 살았는지, 간병비가 얼마나 필요한지 등에 따라 편차가 굉장히 크게 나타나기 때문에 그렇다. 사람이 죽은 게 더 큰 손해일 것 같지만 계산상으로는 평생 보살핌이 필요한 상태로 오래 사는 게 가장 큰 손해다. 그런 의미에서 난산으로 중증의 뇌병변장애를 안고 태어난 아이는 태어남과 동시에 수십억 원의 손해를 본 셈이다. 그걸 몽땅 부담하라고 할 수는 없으니 이런저런 이유를 들어 책임을 제한한다. 피해자 쪽은 납득이 안 되겠지만(내가 당사자일 때는 나도 납득이 안 됐다) 병원 쪽은 그게 일이다 보니 수많은 소송 위험에 노출된다. 의학이라는 것이 아직 미지의 영역이 많고 사소한 실수에도 중대한 결과가 발생하는 위험한 의료 행위는 아무도 하지 않으려할 것이고, 그러다 보면 오히려 제대로 치료를 받지 못할 수 있다. 고려할 것이 많다 보니 피해자가 손해를 제대로 배상받지 못하는 결과가 발생하는 것이다.

궁극적으로는 국가가 세금을 걷어 돌봄 부담을 완화해 주는 방향으로 가야 한다. 누군가가 잘못해서 난 사고야 그가 책임을 지겠지만 인간은 다치고 병들기 때문에 누구든지 주변에 그런 사람이 생기면 생활이 어려워진다. 뉴스를 보니 20대 젊은이가 돈이 없어 요양병원에서 퇴원한 아버지를 제대로 돌보지 못해 사망하게 한 사건이 있었다. 존속살해로 기소되었지만 나는 거동을 못 하는 아버지가 아들을 이용해 자살한 것에 가깝다고 생각한다. 회복될 가망도 없고 돈도 없고 아들의 미래도 없는데 별다른 삶의 이유를 찾지 못한 것이 아닐까?

이런 생각이 든 것은 최근에 피해자가 식물인간이 된 사건을 여러 건 진행한 탓이다. 몸에 이런저런 줄을 매달고 식물인간 상태로 몇 년을 병원에 누워 지내는 삶이 본인에게 무슨 의미가 있을까? 연명치료 중단을 확실하게 결정할 수 있는 사람은 본인뿐이다. 가족들이 못 보내는 것은 이해가 된다. 나라도 내 가족이 그 상태라면 쉽게 보내긴 힘들 것이다. 그렇지만 나는 그렇게 목숨을 연명하고 싶지 않다. 내가 느끼고 생각하는 것들이 나를 살아 있게 하는 원동력이다. 그런 상황이 되면 날 고이 보내 주시면 좋겠다.

이렇게 기록을 읽으면서 한 발짝 떨어져 생로병사를 간접 경험하고 있다. 시간이 흐르고 많은 사건을 접한 뒤에는 더 많이 생각하고 당사자의 입장을 더 잘 이해해서 현명한 판단을 할 수 있기를 바랄 뿐이다.

AI와
판사

　　　　　　　　　　　　출퇴근을 할 때 지하철에서
휴대폰으로 기사를 읽는 일이 많다. 아무래도 직업이 직업인지
라 포털 사이트 메인에 판결 관련 기사가 있으면 빠짐없이 읽
어 보는 편이다. 나중에 내가 비슷한 사건을 맡게 될 수도 있
고, 판결문을 찾아보지 않아도 어떤 내용인지 대략 확인할 수
있어서 유용하다. 댓글란에서 반응을 살펴보기도 한다. 댓글
을 보면 사건을 접하는 일반인들의 법감정을 어느 정도 확인
할 수 있기 때문이다. 내가 기록을 읽어 보지 않은 이상 판결의

당부에 대해 논할 수 없고, 공개적으로 의견을 표시하는 것도 재판의 독립 차원에서 적절하지 않지만, 판결 내용이 국민들의 법감정과 괴리될수록 그 판결은 받아들이기 어려워진다는 것은 분명하다. 양쪽이 첨예하게 대립하는 정치적 사건이 아니라면 그 결론이 합당한지 한번쯤 고민해 볼 필요가 있다. 내 사건이 아니어서 그나마 중립적으로 생각해 볼 수 있는 계기가 되는 것이다. 내 사건이면 뭐…… 반응이 좋든 나쁘든 자세히 안 읽는 게 정신건강에 이롭다. 내 멘탈은 소중하니까.

요즘 댓글 중에는 차라리 AI(인공지능)에게 재판을 받겠다는 댓글이 자주 보인다. 같은 판사로서 씁쓸하기도 하고, 그동안에 오죽 판사들에게 화가 났으면 그럴까 싶기도 하다. 이런 감정적 측면을 넘어서 실제 기술 구현을 어떻게 해야 하는지에 대한 공학적 관점과, 인간이 아닌 AI에게 재판을 받아서 인간이 승복할 수 있을지에 대한 철학적 관점으로도 생각해 본다. 개인적으로는 AI가 할 수 있는 부분이 있고 없는 부분이 있어서 AI를 활용하더라도 최종 판단은 사람이 해야 하지 않을까 싶다.

판사가 판단을 내리기까지의 과정을 크게 두 부분으로 나누자면 '사실의 인정'과 '법령의 적용'이다. 사실을 인정한다는 것은 여러 가지 증거로부터 인정되는 사실이 무엇인지 확인하는 것이다. 재판은 증거로 하는 것이기에 증거가 없으면 그러한 사실이 있었는지 제3자로서는 알 수가 없다. 절차적 진실은 실체적 진실과 좀 다를 수 있다. 판사도 실체적 진실을 밝히기 위해 노력하지만 신이 아닌 이상 다 알 수는 없다. 당사자가 주장과 증명 책임을 모두 부담하는 당사자주의 소송구조에서라면 당사자의 역할이 중요하다. 쉽게 이야기하자면 당사자가 주장하지도, 증거를 내놓지도 않는 사실을 법원이 나서서 찾아주지는 않는다.

이렇게 사실을 확정하는 과정에서 AI가 활약하려면 충분한 데이터가 확보되어야 한다. AI가 자동차 운전을 할 수 있는 것은 수많은 센서로부터 실시간으로 정보를 수집하기 때문이다. AI가 과거의 사실을 확정하려면 그만한 데이터를 미리 확보해 두어야 한다. 그것도 AI가 해석할 수 있는 형태로. 빅 데이터와 블록체인 같은 기술은 사법에도 많은 변화를 가져올 것이다. 종이에 도장을 찍는 것이 아니라 무결성이 담보된 시스템에서 계약을 체결하고 그 주소를 증거로 제출하는 세상, 계좌를 압수·수색하면 자동으로 돈의 흐름을 보여 주고 연관 계좌까지 추적해 추가로 영장을 청구할 수 있게 해 주는 세상, AI가 안면 인식으로 여러 CCTV에서 영상을 추출해 동선을 추적하고 증거를 보전하는 세상이 곧 올 것이다.

복잡한 사건을 맡으면 AI가 해 주면 좋겠다는 생각이 들 때가 있다. 양이 많으면 아무래도 주장과 증거를 정리하는 데 오래 걸린다. 쟁점이 많고 복잡할 때도 있다. 몇 년 묵어 괴물처럼 커져 버린 사건 기록을 '깡치'라 한다. 이런 건 휴정기같이 여유가 있을 때 봐야 한다. 몇 년치 거래 내역 수백, 수천 페이지를 읽고 있노라면 숨이 턱턱 막히면서 이런 부분에서 AI의 도입이 간절하다는 생각이 절로 든다. 대량의 데이터를 처리해야 하는 일에 인간보다 AI가 월등하다는 것은 명백하다. 그런데 뭐 어쩌랴 이게 내 일인 것을.

다음으로 법령을 적용하는 것은 추상적인 언어로 표현된 법규범을 구체적인 사실에 적용하는 것이다. 인간의 행위 하나하나를 법령으로 규정해 두지는 않으므로 법령은 본질적으로 포괄적이고 추상적일 수밖에 없다. 판사는 헌법을 최상위로 하는 법규범 내에서 문언의 의미를 해석하고 구체적 사실관계에 적용해 결론을 이끌어 낸다. 문언의 의미를 어떻게 해석하는지

가이드라인이 되는 것이 대법원 판례다.

AI가 이걸 해 내려면 법령뿐만 아니라 그동안 쌓인 판례와 사건 기록을 학습해야 한다. 판결문이야 전자 파일이지만 수많은 기록은 종이다. 그걸 전자화하는 것이 필수다. 전자소송이 들어오면서 일부가 파일화되었다지만 AI가 텍스트와 이미지에서 원하는 내용을 정확하게 추출해 내야 한다. 기술은 눈부신 속도로 발전하고 있으니 언젠가는 가능할 것이다. 그렇지만 그 판결문과 기록은 모두 과거의 인간이 만든 것이다. AI를 설계하는 것도 인간이다. 시대정신은 변하지만 AI가 기존의 판례를 넘어서는 획기적인 해석론을 내놓기는 쉽지 않을 것이다.

AI가 잘하는 것이 있다. 수많은 판결문 중에 이 사건과 가장 비슷한 사건을 찾거나, 연관성이 높은 논문을 찾는 것이다. 판사가 하는 일 중에 유사 사건과 적용할 법리를 찾는 데는 상당한 시간이 소모된다. 전형적이지 않은 사건을 만날 때면 언제나 자료를 찾는 게 일이다. 누가 딱 찾아서 던져 줬으면 하는 생각이 간절하다. 그런데 뭐 어쩌랴 이것도 내 일이다. 검색어를 이렇게 저렇게 바꿔 가며 보물찾기에 성공했을 때의 감동도 있다.

그리고 중요한 게 남았다. AI가 인간의 언어로 자기가 왜 그렇게 판단했는지 판결문을 써야 한다. AI는 인간과 동일한 방법으로 문제에 접근하지 않는다. "시뮬레이션 결과 피고인이 범죄를 저질렀을 확률이 99퍼센트입니다." 이런 판결을 받고 인간이 납득할 수는 없을 것이다. 지금도 AI가 기사나 간단한 신청서 같은 건 쓸 수 있으니 유형화된 템플릿에서 몇몇 데이터만 바꾸는 전형적인 사건은 금방 쓸 수 있을 것 같다. 그런데 복잡한 사건은 틀부터 새로 짜야 한다. 선례를 찾기 어려운 사건은 창의성도 필요하다. AI기 소실을 쓰는 날이 오면 판결문도 쓸 수 있을 것이다. 그 전까지는 인간이 해야 한다. 이것도 내 일이다. 구상은 창대했으되 부족한 표현력과 촉박한 시간에 끙끙거리며 어딘가 아직 수정할 것이 남은 것 같은 미약한 판결문을 붙들고 씨름하다 두 손 두 발 다 들고 부장님께 드릴 때면 늘 송구하다.

기술이 발전하다 보면 언젠가는 AI가 다 할 수 있게 될지도 모른다. 그렇다면 AI는 아무런 오류가 없는 것일까? AI가 인간의 상식에 맞지 않는 판단을 내리더라도 인간은 그것을 납득할 수 있을까? 인간이 자기 목숨줄을 AI에게 넘겨주는 일을 할까? 그러긴 어려울 것이다. AI 판사가 있어도 인간 판사가 최종적인 판단을 내려야 하는 이유가 바로 여기에 있다.

 한번은 고민스러운 사건이 있었다. 어느 가게가 코로나19로 영업을 못 하게 되면서 월세가 밀렸다. 나중에 두 달 분 월세를 송금했는데 착오로 다른 사람에게 보냈다. 이걸 알아차린 것은 세 달 분의 월세가 밀린 뒤였다. 부랴부랴 월세를 다시 보냈다. 명백한 과실이긴 하지만 후폭풍은 컸다. 임대인은 계약 갱신을 거절하고 가게를 비워 달라고 했다. 상가건물 임대차보호법에 따르면 3기분의 차임에 해당하는 금액에 이를 때까지 차임을 연체한 사실이 있으면 임대인이 계약갱신을 거절할 수 있다. 계약기간이 끝나면 법적으로 임대인이 인도와 원상회복을 요구할 수 있다. 영업도 제대로 못 해 보고 권리금까지 모두 날릴 판이었다.

 임대인 입장에서 생각을 해 보았다. 월세가 또 밀릴지 모르니 임차인을 내보내고 새로 들이고 싶을 것이다. 아니면 그 자리에서 직접 영업을 해도 괜찮다. 법적 요건은 다 갖추었으니 나라도 그럴 것 같다. 임차인 입장에서도 생각을 해 보았다. 월세가 밀린 건 잘못이 맞지만 송금 한 번 잘못했다고 억대의 돈을 투자한 가게를 내놓아야 하는 것이 도무지 납득되지 않을 것이다. 법이 너무한다. 법은 왜 이러하며 판사는 피도 눈물도 없는 인간이냐, 하는 생각이 절로 들지 모른다.

우리 민법은 신의성실의 원칙과 권리남용 금지를 규정하고 있다. 권리의 행사와 의무의 이행은 신의에 좇아 성실히 해야 한다. 권리는 남용하지 못한다. 그러나 이 조항으로 판단하는 사건은 극히 예외적이다. 구체적인 개별 조항이 있음에도 이런 추상적인 일반 조항으로 도피해서는 안 된다고 배워 왔지만, 임대인 손을 들어 주자니 임대인의 이익에 비해 임차인의 손해가 너무 컸다. 고민 끝에 상급심에서 파기될 각오를 하고 권리남용이라며 임차인 손을 들었다. 그런데 의외로 임대인이 항소하지 않아 그대로 확정되었다.

법을 만들고 적용할 때는 법적안정성이 중요하다. 그 법을 보고 결과를 예측해 자신의 행동을 결정하기 때문이다. 그러나 법적안정성만 중시하게 되면 개별 사건에서 이런저런 사정을 살펴 구체적인 타당성을 챙길 수 없다. 그걸 할 수 있는 것은 사건을 맡은 판사뿐이다. AI도 그렇게 할 수 있을까? 그런 날이 오면 미련 없이 법복을 벗을 수 있을 것 같다.

판사의
길

　　판사가 되었더니 "정치 할
생각이 있느냐"라고 묻는 사람들이 가끔 있다. 왜 물어보는지
짐작은 되지만 초임 판사한테 물어볼 말은 아니다. 판사 출신
정치인이 있다고 해도 판사는 정치인이 되는 과정이 아니다.
게다가 사람 많은 것, 일정 많은 것, 말 많은 것을 싫어하는 내
게는 맞지 않는 직업이다. 그래서 답변은 당연히 "노"다.

　　개인적으로 판사라는 직업은 굉장히 만족스럽다. 독립성과
자율성이라는 것은 나에게 중요한 가치다. 누군가의 눈치를 살

펴 마음에도 없는 일을 하지 않아도 된다. 그런데 그게 완전히 내 마음대로 한다는 뜻은 아니다. 헌법과 법률, 직업적 양심이 정한 테두리 안에서다.

헌법 제103조에서는 "판사는 헌법과 법률에 의하여 양심에 따라 독립하여 심판한다"라고 규정하고 있다. 우리나라 최고 법에서 독립성을 보장하는 것은 판사가 유일하다. 판사가 되기 전, 이 조문을 볼 때마다 판사에게 엄청난 권한과 책임을 부여하는 조항이라고 생각했다. 처음에는 그 무거운 책임을 지고 싶지 않았다. 그렇지만 법률 공부를 하면 할수록 판사에 대한 관심이 생겼다.

모든 법률 문제의 종착역은 법원이다. 당사자들이 어떠한 주장을 하더라도 법원에서 최종적인 판단을 하기 때문이다. 몇몇 중요한 사건에 대한 결론은 우리 사회를 발전시키기도 하고 퇴행시키기도 한다. 나는 이러한 점이 마음에 들었다.

대한민국 헌법 제10조는 "모든 국민은 인간으로서의 존엄과 가치를 가지며, 행복을 추구할 권리를 가진다. 국가는 개인이 가지는 불가침의 기본적 인권을 확인하고 이를 보장할 의무를 진다"라고 규정한다. 우리 헌법에서 가장 핵심적인 조항이 아닐까 싶다. 예전에는 "짐이 곧 국가"라고도 했고 국민이 국가를 위해 존재하던 시절도 있었지만, 국가는 국민을 위해 존재한다. 그 유명한 링컨의 게티스버그 연설 "국민의, 국민에 의한, 국민을 위한 정부는 지상에서 영원히 사라지지 않을 것이다(government of the people, by the people, for the people, shall not perish from the earth)" 중 "국민을 위한(for the people)"이다. 따라서 국가 통치 권력의 한 축인 사법권 역시 국민을 위해 행사되어야 한다.

그러면 사법권을 어떻게 행사하는 것이 적절할까? 국회의원도 대통령도 선거로 선출하는데 판사를 왜 선거를 통해 선출하지 않는지 생각해 본 적이 있다. 선거는 다수의 지지를 받는 사람을 대표로 선출하는 절차다. 그렇게 뽑힌 사람들이 또다시 다수결로 법을 만든다. 애초에 다수의 논리가 지배할 수밖에 없다. 우리나라같이 승자독식의 선거 구조에서는 그런 문제가 더욱 심각하다. 힘 있고, 목소리 큰 사람들의 의견이 사회적 약자들의 목소리를 찍어 누른다. 수십 년째 통과되지 않는 수많은 법을 보면 알 수 있다. 그러다 누가 죽기라도 하면 여론에 밀려 겨우 통과되는 일이 비일비재하다. 정부도 다를 바가 없다. 대통령제에서 지지율이라는 것은 정책을 추진하는 원동력이다. 그래서 기득권에 눌려 물러서는 일이 수없이 생긴다. 다수를 위해서라면 소수를 희생시키더라도 어쩔 수 없다는 게 다수결의 최대 부작용이고, 선출된 권력은 여기에서 자유로울 수 없다. 법관을 선거를 통해 선출하지 않는 것은 거기에서 소외된 사람의 인권을 법관이 챙기라는 의미일 것이다. 독립성을 보장하고 탄핵 절차에 의해서만 신분을 박탈할 수 있도록 보장하는 것도 그러라고 있는 것이다.

사법부는 우리 사회의 법치주의를 지키는 마지막 보루다. 국회와 정부에서 국민에게 피해를 주었다면 사법부는 마땅히 이를 판결로써 구제해야 하고, 잘못된 입법과 집행을 견제해야 한다. 또한 절차적 정의를 준수하고 공정하고 투명하게 재판해 패소한 당사자들이 충분히 납득할 수 있는 재판이 되도록 노력해야 한다.

사법부 역시 과거 군사정권 시절 사법살인 같은 심각한 과오를 저질렀고 무전유죄 유전무죄, 전관예우 같은 뼈아픈 비판을 받고 있다. 그렇지만 모든 판사가 그런 것은 아니다. 사법권이 완전히 썩어 버린 나라가 선진국으로 도약할 수는 없다. 묵묵히 자기 자리를 지키고 좋은 판결을 해 오신 많은 선배 판사님이 계셨다. 대한민국의 엄혹한 현대사 속에서도 소신 있게 판결을 해 온 그분들을 존경한다.

　나는 주어진 권한을 올바르게 행사해 우리 사회에 법치주의가 확립되고 모든 사람이 인권을 보장받으며 살아가는 데 기여하고 싶다. 또한, 사회적 약자들의 입장을 한 번 더 돌아볼 수 있는 판사가 되고 싶다. 사람들은 처음부터 법적 조치로 나아가지 않는다. 힘 있는 자들은 법원의 문을 두드리기 전에 많은 것을 해결할 수 있다. 당사자 입장에서 어떤 대응을 하기까지 얼마나 많은 시간을 참아 왔을지 생각해 본다. 그럼에도 수많은 사건이 그저 당사자가 대응을 포기했다는 이유로 묻히고 만다. 수사 단계에서도 증거가 부족하다는 이유로 묻히는 일이 일상다반사다. 그렇게 남고 남은 사건이 법원으로 온다. 내가 변호사 일을 하지 않았다면 잘 몰랐을 것이다. 고소고발을 일삼는 사람도 있지만 대부분의 사람은 평생 법원에 갈 일이 그리 많지 않다.

　판사가 하는 판단은 누군가의 인생을 바꿀 수 있는 중대한 갈림길이다. 어떤 사건이라도 가볍게 대해서는 안 된다. 다른 사람들에게는 사소하게 보일지라도 당사자에게는 일생일대의 사건일 수 있다. 판사는 타인의 인생이 지닌 엄중한 무게를 느끼고 신중하게 판결해야 한다.

기록을 읽고 법리를 찾아 결론을 내리고 판결문을 쓴다. 사건을 접했을 때 주장이나 증거가 분명하지 않으면 결론에 확신을 가지기 어렵다. 하지만 판사는 어느 쪽 손을 들어 줄 수밖에 없다. 틀리지는 않았나 놓치지는 않았나 늘 고민이 된다. 나같이 천성이 꼼꼼하지 못한 사람은 더 그렇다. 눈으로 보면 간단하게 파악할 수 있는 것을 전부 들으면서 파악하려면 시간이 엄청 오래 걸린다. 그 시간 동안 집중력을 유지하는 것도 쉽지 않다. 남들보다 오래 일하는 것도 아닌데 쉽게 녹초가 된다. 사건이 자꾸 머리에서 맴돌아 잠도 잘 못 잔다. 그렇지만 그게 판사의 일일 터다.

시각 장애인 판사인 최영 판사님께서 한 인터뷰에서 하신 "시각장애인 판사라서 부담스러운 게 아니라 판사라서 무거운 책임감을 느끼고 있습니다"라는 말이 떠오른다. 장애보다는 좋은 판결을 했다는 것으로 화제가 되면 좋겠다. 장애인들이 사회 각 분야로 더 많이 진출해 장애인이라는 것 자체로 특별하게 인식되지 않는 세상이 오기를 바란다.

그렇다고 판사에게 대단한 능력이 있는 것은 아니다. 판사가 할 수 있는 것은 자신이 맡은 사건뿐이다. 무슨 일이든 그렇겠지만 이 일도 끝이 없기는 마찬가지다. 내가 행복하지 않으면서 다른 사람의 행복을 찾아 주는 희생정신은 고결하지만 쉽게 변질되기도 한다. 어느 순간 '내가 이렇게 해서 뭐하나' 싶은 회의감이 들기도 하고, '내가 이렇게 열심히 했는데 이 정도야' 하는 보상 심리가 들 수도 있다. 나는 내 몫을 하는 판사가 되고 싶다. 그게 쉽지 않을 뿐이다. 세상을 바꿔 가는 것은 한 사람의 영웅이 아니라 자기 자리에서 충실히 자기 할 일을 하는 평범한 사람들이다.

2018년 UN 장애인권리협약 당사국회의에 참관을 갔을 때 여기저기서 "Leave no one behind"라는 말을 들었다. '단 한 사람도 소외되지 않게 하라'는 의미다. 깊은 울림이 전해졌다. 그게 UN에서 정한 '2030 지속가능발전 의제'의 슬로건이라는 사실은 나중에 알았다. 소외된 사람들의 권리를 보호하지 않고 사회가 지속적인 발전을 이룰 수는 없다. 공익은 파편화된 사익이다. 판사로서 이런 말을 전하고 싶다. "소외된 사람들의 인권까지 소홀히하지 않고 소중하게 지켜 드리고 싶습니다."

뭐든 해 봐요

초판 1쇄 인쇄 2022년 4월 6일
초판 2쇄 발행 2022년 5월 3일

지은이 김동현
펴낸이 김선식

경영총괄 김은영
편집인 이여홍
마케팅본부장 권장규 **마케팅1팀** 최혜령, 오서영
미디어홍보본부장 정명찬 **홍보팀** 안지혜, 김민정, 이소영, 김은지, 박재연, 오수미
뉴 미디어팀 허지호, 임유나, 박지수, 송희진, 홍수경
저작권팀 한승빈, 김재원, 이슬 **편집관리팀** 조세현, 백설희
경영관리본부 하미선, 박상민, 윤이경, 김재경, 안혜선, 오지영, 김소영, 김진경, 최완규, 이지우,
이우철, 김혜진
외부스태프 교정교열 김정현 표지디자인 규디자인 본문디자인 박재원

펴낸곳 다산북스 **출판등록** 2005년 12월 23일 제313-2005-00277호
주소 경기도 파주시 회동길 490
전화 02-702-1724 **팩스** 02-703-2219 **이메일** lyh22@dasanimprint.com
홈페이지 www.dasan.group **블로그** blog.naver.com/dasan_books
종이 IPP **출력 및 제본** 한영문화사 **코팅 및 후가공** 평창피엔지

ISBN 979-11-306-8114-6(03810)

콘택트(CONTACT)는 독자 여러분의 책에 관한 아이디어와 원고 투고를 기쁜 마음으로 기다리고 있습니다. 책 출간을 원하는
아이디어가 있으신 분은 아래 메일로 간단한 개요와 취지, 연락처 등을 내 보주세요(lyh22@dasanimprint.com). 머뭇거리지
말고 문을 두드리세요.